替詩詞剝層皮

●周正舉／選編

●臺灣商務印書館 發行

序

文伯倫

正舉兄窮搜古今剝皮詩成一帙，聞將付梓，乃仿魯迅先生《自嘲》詩，為詩一首以賀之。

神交古佚久尋求，
便敢翻身找碰頭。
雅謔開顏得鬧趣，
詩題佐酒亦風流。
畫眉脂粉污顏色，
充棟瑤章汗馬牛。
搜盡小書成一帙，
管他冬夏與春秋。

一九九七年三月一日於綿陽

自序

仿擬詩是古代雜體詩（一曰異體詩）的一種，屬幽默詩體。仿擬詩又稱剝皮詩、戲仿詩、依仿詩、套改詩。人們一般習慣稱剝皮詩。

按照前人有影響的詩篇的形式，改動部分詞句，使之變成一首有新內容的、富有幽默感的詩，即為「剝皮詩」。「剝皮詩」特點有四：首先，它只是借用前人某首詩的形式外殼，內容則與所仿之詩絕不相干；其次，它以諷刺的手法表達自己的主題；第三，它所仿擬的多是名篇；第四，它是完整的仿擬，而不是部分割裂。它的上述特點，使其與同題詩、次韻詩、模擬詩、犯古詩等劃清了界限。且舉一例：

唐李白《靜夜思》詩，家喻户曉：「床前明月光，疑是地上霜。舉頭望明月，低頭思故鄉。」在不同時期，這首詩多次被人「剝皮」。抗日戰爭時期，陳毅仿作云：

床前明月光，
疑是地上霜。
舉頭望明月，
低頭思救亡。

「大躍進」時期，有人仿作道：

床前明月光，
疑是地上霜。
舉頭望明月，
低頭思食堂。

近幾年，社會不正之風時有泛濫，又有人戲改《靜夜思》，諷刺吃喝風：

桌上鬧嚷嚷，
疑是擺戰場。
舉頭喊「乾杯」，
低頭嘔斷腸。

「剝皮」幽默作品，多為詩詞，但亦不盡然，聯、文、賦等文體也有，本書後所附「剝皮」之作，可見一斑。為「剝皮」詩者多是無名氏，但也不盡然，歷代大詩人、文學家也多有「剝皮」之作，本書收錄的「剝皮」詩的作者就有蘇軾、魯迅、柳亞子、毛澤東、郭沫若、陳毅等。

下面談談本書的編纂情況。

由於多種原因，我於一九九三年初主動辭去了廳長職務。這樣一來，我的讀書、寫作時間多了。四年來，我閱讀了三四百種古代筆記小說和大量的詩話、詞話。我對幽默作品歷來很感興趣，所以凡遇到「剝皮」之作，都一一作了抄錄。今年初，有幾位文友到我家來看望我，見我抄錄的仿擬詩詞甚多，便慫恿我編寫出來，交出版社出版，也好給幽默文學研究者提供一點資料，給廣大讀者提供一點茶餘飯後的談資。我答應了。要編好這本小冊子，說起來容易，做起來頗難。一是弄清仿作者姓名難。古書中直稱姓名者少，多以字、號、行第、職務、地望、齋名、謚號、諢號等稱之，要弄清仿作者真實姓名，需要翻很多書，難。二是尋找所仿原作難。名家、名作還好辦，而遇到不太出名的詩人和不太有名的詩作，查找起來，難。好在我藏書較多，經過努力，終於解決了這兩大難題。

本書還收錄了一些今人所寫的諷刺社會不正之風的「剝皮」詩作。這些詩作被不少文章反覆輾轉引用。按理說，編者應當徵得作者的同意，無奈限於多種條件，實在是無法辦到，還請多位作者原諒。對於他們的支持，我深表感謝。

結束本文時，我也學學他人，仿魯迅先生《自嘲》詩，為詩一首，算是這篇自序的尾巴，詩云：

命交霉運欲何求，從政儒生易碰頭。

無伴無車過鬧市，有書有酒充風流。
續貂笑對千夫指，炒飯甘當沒角牛。
鑽進樂窩成一統，管他判筆似春秋。

周正舉
一九九七年三月三日於成都呆翁居

目錄

剝皮詩

剝皮詞

剝皮曲

剝皮聯

剝皮銘

原著

陋室銘

【唐】劉禹錫

山不在高，有仙則名。水不在深，有龍則靈。斯是陋室，惟吾德馨。苔痕上階綠，草色入簾青。談笑有鴻儒，往來無白丁。可以調素琴，閱金經。無絲竹之亂耳，無案牘之勞形。南陽諸葛廬，西蜀子雲亭。孔子云：「何陋之有？」

剝皮 1

陋吏銘

【清】佚名

官不在高，有場則名。才不在深，有鹽則靈。斯雖陋吏，惟利是馨。絲圓堆案白，色減入枰青。談笑有場商，往來皆灶丁。無須調鶴琴，不離經。無刑錢之聒耳，有酒色之勞形。或借遠公廬，或醉竹西亭。孔子云：「何陋之有？」

（清・錢泳：《履園叢話》）

剝皮2

陋吏銘

【清】佚名

官不在高，有場則名。才不在深，有賄則靈。斯惟陋室，惟利是馨。絲銀堆案白，色艷如松青。談笑有官吏，往來皆灶丁。無須調鶴琴，不離經。無書聲之聒耳，有酒色之勞形。或借遠公廬，或醉竹西亭。孔子曰：「何陋之有？」

（載《閱讀與寫作》，一九九六年第三期）

剝皮3

吸煙銘

【清】李慶辰

燈不在高，有油則明。斗不在大，過癮則靈。斯是煙室，惟煙氣馨。煙痕沾手黑，灰色透皮青。談笑有蕩子，往來無壯丁。可以供夜話，閉月經。笑搓灰之入妙，怪吹笛而無聲。長安凌煙閣，餘杭招隱亭。燕人云：「欲罷不能。」

（《醉茶志怪・馬生》）

剝皮4
棋譜銘

【清】佚名

棋不在高，有著則名。著不在勤，弗悔則靈。斯是棋譜，惟吾得情。精明無懈局，草率不進贏。談年有國士，往來無賭精。可以調素心，役神明。無呼盧之亂耳，無籌碼之勞形。棋輸子兒在，著著見將軍。君子云：「何臭之有？」

（清・小石道人：《嘻談錄》）

剝皮5
棋譜銘

棋不在高，有仙則名。著不在勤，弗悔則靈。斯是棋譜，惟吾得情。精明無懈局，草率不連贏。談笑有國手，往來非賭精。可以調素心，役神明。無絲竹之亂耳，無籌策之勞形。棋輸木頭在，著著見將軍。君子云：「何臭之有。」

剝皮 6

三希堂偶銘

愛新覺羅・溥儀

屋不在大，有書則名。國不在霸，有人則能。此是小室，惟吾祖馨。琉球影閃耀，日光入紗明。寫讀有欣意，往來俱忠貞。可以看鏡子，閱「三希」。無心荒之亂耳，無倦怠之壞形。直隸長辛店，西蜀成都亭。余笑曰：「何太平之有？」

（《逸經》雜誌，一九三六年第七期）

剝皮 7

寄園煙館

【民國】佚　名

槍不在高，有煙則名。斗不在深，無灰則靈。斯是寄園，清膏味馨。並頭雙枕黑，照臉一燈青。談笑皆庚癸，工夫付丙丁。可以算賭帳，說嫖經。非雞鳴而不睡，與鶴瘦而同形。床稱迷霧館，榻號臥雲亭。癮者云：「何害之有？」

剝皮8

五層茶樓

【民國】佚名

樓不在高，五層得名。客不在多，滿座則靈。斯是茶室，似蘭斯馨。遥瞻樹綠影，仰望電光青。談利多俗子，論文少酸丁。可以訪盧仝，品陸經。有人語之喧耳，覺堂倌之勞形。扶梯登級級，野雞立亭亭。公子云：「何好之有？」

剝皮9

泰和酒館

【民國】佚名

館不在多，泰和得名。客不在尊，有錢則靈。斯是酒樓，爾肴既馨。一席兼中外，四壁懸丹青。南筵炙雙脆，北菜炒四丁。可以抒雅抱，説不經。有拇戰之聒耳，無醉漢之忘形。地火光照耀，妓女步娉婷。老饕曰：「何厭之有？」

剝皮10 丹桂戲園

【民國】佚　名

園不在精，戲好則名。帳不在寫，認識則靈。斯是京班，惟丹桂馨。電燈搖影綠，沸水煮茶青。包廂多女客，正桌鮮白丁。可以吊膀子，假正經。有鑼鼓之亂耳，嘆跌打之勞形。鳳祥演鬥勝，鳳林唱長亭。看者云：「何厭之有？」

剝皮11 廁屋銘

窖不在大，有糞則名。坑不在深，有尿則淋。斯是廁屋，惟吾屁馨。口銜煙桿赤，頭盤辮子青。蹲坐皆脹人，往來無餓丁。可以想斯文，默食經。無清香之氣味，無乾淨之情形。南園破草棚，西巷廢茅亭。桶子云：「何臭之有？」

剝皮12 陋官銘

官不在高，有威則名。學不在深，有權則靈。驕嬌兒室，惟其得馨。前廳「碧螺」綠，後門「竹葉青」。捧場有庸儒，差使皆壯丁。張口亂彈琴，假正經。愛甜言以悅耳，喜車轎之隨形。出入「醉歸盧」，往來「賞心亭」。神仙曰：「吾樂何有？」

剝皮13 官廳銘

官不在高，有威則名。學不在深，有權則靈。斯是公廳，惟吾德馨。前門「碧羅春」，後門「竹葉青」。捧場有下屬，稱好皆同人。張口亂彈琴，假正經。愛甜言以悅耳，喜車轎之隨形。出入「醉歸盧」，往來「賞心亭」。神仙曰：「吾樂何及？」

剝皮14 升官銘

才不在高，在官就行。學不在深，有權則靈。斯是衙門，惟我獨尊。前有吹鼓手，後有馬屁精。談笑有心腹，往來無小兵。可以搞特權，結幫親。無批評之刺耳，惟頌揚之諧音。青雲能直上，隨風顯精神。群衆曰：「臭哉此人！」

剝皮15 假公僕銘

官不在大，能貪則名。學不在深，有權則靈。斯是別墅，惟其溫馨。出入高級車，穿梭歌舞廳。吃喝用公款，收禮循私情。眼中孔方兄，趙公明。喜甜言之悅耳，受吹拍而忘形。上班品香茶，下班築「長城」。群衆曰：「禍國殃民。」

剝皮16 某官銘

功不在高，有官則名。識不在廣，有權則靈。斯是衙門，惟我獨尊。前有吹鼓手，後有馬屁精。看風有耳目，鈞譽有斯文。可以搞特權，結幫親。無批評之刺耳，惟頌揚之妙音。人民疾苦多，無礙我功名。群衆曰：「腐敗作風。」

剝皮17 貪官銘

官不在大，有權則靈。利不在多，能撈則成。雖是九品，惟我獨尊。吃喝玩又撈，樣樣都先行。官銜年年升，油水日日增。來往有小車，開口亂彈琴。動輒瞎指揮，糊弄人。無勞累之傷神，無工作之費心。世人無法比，神仙也不能。百姓云：「此官可恨！」

剝皮18 拍馬銘

想被重用，溜須就行。欲要榮升，奉承則靈。斯是訣竅，惟吾聰明。巧做吹鼓手，善當馬屁精。甜言拉幫伙，尖腦去鑽營。可以獲美名，討歡心。無工作之費力，無勞動之辛勤。腳踏青雲上，手抓大把金。心裡云：「何樂不為？」

剝皮19 關係銘

想被重用，拍馬就行。欲已晉升，禮拜要勤。斯是訣竅，惟吾高明。胡說在乎多，獻媚在乎精。善於拉幫派，慣於巧鑽營。可以討喜歡，拿獎金。無辦公之辛苦，無出差之勞神。絨線細細結，清茶慢慢品。人讚云：「聰明絕頂！」

剝皮20

關係銘

想被重用，拍馬就行。欲己晉升，禮拜要勤。斯是訣竅，惟吾妙用。好話不怕多，獻媚在於精。善於拉關係，慣於巧鑽營。可以分回扣，討歡心。無奔波之辛苦，無推敲之傷神。私房細細嘮，好酒慢慢斟。人讚云：「絕頂聰明。」

剝皮21

訣竅銘

位不在高，頭尖則靈。官不在大，手長則行。斯是訣竅，惟吾鑽營。對上捧粗腿，對下用私人。吹牛行鴻運，拍馬不碰釘。可以開後門，講交情。無正義之細胞，無原則之準繩。煙酒來開路，有錢能通神。自豪云：「何鄙之有？」

剝皮22 升官銘

才不在高，緊跟就行。學不在深，奉承則靈。這個衙門，惟伊聰明。前當吹鼓手，後充馬屁精。談笑獻忠心，往來見深情。可以搞特權，結幫親。無批評之刺耳，惟頌揚之諧音。青雲能直上，隨風顯精神。公僕曰：「升在其中！」

剝皮23 尸位銘

才不在高，有官則名。學不在深，有權則靈。雖說尸位，惟吾經營。撤開關係網，左右盡故親。談舌有酒朋，往來無正經。可以走後門，坐中庭。無遮掩之顧忌，無為公之良心。興來劃個「○」，辦事遣別人。碩鼠曰：「何勞之有？」

剝皮24 陋規銘

官不在高，有權則名。位不在尊，有利則靈。衙不在大，有勢則成。門不在廣，有後則神。斯是陋規，我素我行。交談豰中事，往來個中人。可以送紅包，然後開綠燈。要港幣，需美金，勿明目以張膽，宜悄悄而送迎。意在言之外，盡在不言中。政策與法紀，充耳盡不聞。王氏在湖南，張劉在天津，白白送了命，只怪不高明。似我不留痕與跡，縱然找我也無門。我敢云：「何怕之有！」

註：後：走「後門」。一九四九年初，長沙王丕敏，天津劉青山、張子善均以貪污枉法被處決。

剝皮25 左視眼

事不在大，上綱則名。理不在多，祭旗則靈。斯是虎皮，天下橫行。千山我獨左，萬峰皆右傾。論人查檔案，觸目皆敵情。慣用老皇曆，念舊經。違戰略之轉移，失政策之準繩。樹靜風不止，蟬噪夜難寧。螃蟹曰：「何忌之有？」

剝皮26 官倒銘

官不在大，有權則通。神不在尊，有錢則靈。斯是竅門，惟吾獨用。計劃換回扣，批條變利紅。「雙軌」生「商鬼」，「前門」轉「後門」。可以得彩電，蓋樓亭。無國事之入耳，惟私利之勞心。倒的公家物，進的私囊中。民衆云：「禍由此人。」

剝皮27 官倒銘

官不在高，有權則行。業不在精，有印則靈。無視法紀，惟吾獨尊。權術運於掌，奸詐蓄於胸。接交無寒士，往來盡冠纓。可以御萬物，顯神通。藉關係之盤根錯節，賴上下之表裡相親。大印紅於火，腰纏百萬金。倒爺云：「何懼之有？」

剝皮28

華室銘

官不在高，有威則名。職不在大，有權則靈。斯是別墅，惟我獨尊。茅台千盞綠，龍井一杯清。談笑有高官，往來無下層。可以臥高枕，醉太平。無國法之逆耳，無群衆之呼聲。東閣暖氣管，西廂電視屏。噫嘻乎，何罪之有？

剝皮29

檢查銘

事不在大，有差則成。路不怕遠，有吃就行。背手揚臉，架子哄哄。走路腆小肚，愣裝一本正。遇人斜眼看，逢問鼻子哼。聞香流口水，舉杯論英雄。八兩白乾下肚，吹、許、封。彙報皆未入耳，看啥作沒記清。拎足土特產，擺手就回城。衆人云：「官僚典型！」

剝皮 30
酒宴銘

宴不在豐，有酒則靈。酒不須好，度高就行。斯是喝家，須比輸贏。拳分京、川、廣，手揮「五弦琴」。杯來盞往車馬戰，吆三喝四聲如雷。摟著脖子灌，翻眼不認親。可以稱兄弟，裝孫子。無太白之遺韻，有酒徒之餘威。臉似豬肝色，窩成一灘泥。觀者云：「何苦來哉！」

剝皮 31

會海銘

心不在會，到場則誠。話不在妙，開口則行。斯是會海，惟吾樂遊。擺擺龍門陣，嘮嘮山海經。累了伸懶腰，悶了看電影。可以打呼嚕，挖耳孔。無群言之亂耳，無案牘之勞形。遊山又玩水，還可喝兩盅。心裡云：「何苦之有？」

剝皮 32

會海銘

心不在會，到場則誠。話不在多，開口則行。斯是會海，惟咱樂泳。畫畫護官符，聊聊股票經。累了桑拿浴，悶了歌舞廳。可以邀三陪，提精神。無公務之紛亂，無案牘之勞辛。遊山又玩水，還可喝兩盅。大家曰：「有何不行?!」

剝皮 33
會室銘

室不在大，有官就行。人不在多，有閒就成。說得再嚴厲，遲到不要緊。八點半開始，九點鐘進門。談笑任自由，往來無拘謹。可以織毛線，抽香煙，嗑瓜子，侃大山。材料一大堆，堆起懶得看。台上照著念，台下隨手翻。無動腦之勞神，無記錄之麻煩。開水喝了幾大桶，解便已有四五番。有的打瞌睡，有的哈欠連。時時抬手腕，盼望快到點。卻聞一聲「同志們」，還要反覆「一二三」。從頭到尾再敘述，大小官員要講遍。衆人嘆：「何時才有完？」

剝皮 34
樂會銘

位不在高，會會有名。會不在大，去了就行。斯是會場，惟我娛情。台上輪流講，台下隨意聽。談笑有會友，往來無白丁。可以傳雜誌，睹影星。有韻事之入耳，無公務之勞形。休憩養精神，大侃山海經。小子云：「何厭之有？」

剝皮35　辦公會銘

官不在大，帶「長」就行。謀不在深，有權則靈。一日三響，坐地撞鐘。開不完的會，抒不完的情。橫向縱向比，美日德法英。松下飛利浦，奔馳雪鐵龍。冬貯大白菜，茅台竹葉青。大家比口才，噴雲霧，品龍井。增氣氛之熱烈，得大腦之輕鬆。雖非聯歡會，其樂也融融。墨兒濃，一紙「紀要」空對空。

剝皮36　會場銘

會不在聽，到場就行。思不在會，坐完則行。斯是會場，爾吾閒情。談談處世經，話話山海經。可以拉家常，眯眼睛。無群言之亂耳，無公務之勞形。雖非麻將場，堪比跳舞廳。心裡云：「吾樂就行。」

剝皮37 會場銘

會不在聽，到場就行。思不在會，坐完就靈。斯是會場，爾吾閒情。談談處世道，話話山海經。可以拉家常，可以眯眼睛。無群言亂耳，夠清心。無世事之憂慮，無職業之操心。雖非麻將場，不亞歌舞廳。心裡云：「蓄銳養神。」

剝皮38 小廟銘

位不在高，有職則行。權不在大，有握則靈。斯是小廟，惟吾黑心。益我笑臉迎，非此橫眉對。交易有後門，往來無白費。可以棄原則，得實惠。無少錢之煩耳，無缺用之窘形。人間閻王店，世上快活神。吾自云：「何小之有？」

剝皮39 科室銘

才不在高，應付就行。學不在深，奉承則靈。斯是科室，惟吾聰明。庸俗當有趣，流言作新聞。談笑無邊際，往來有後門。可以打毛線，練氣功。無書聲之亂耳，無國事之勞神。調資不落後，級別一樣升。古人云：「樂在其中。」

剝皮40 科室銘

才不在高，應付就行。升不在謀，奉承則靈。斯是科室，惟吾機靈。庸俗當樂趣，流言作新聞。甘當吹鼓手，樂做馬屁精。可以打毛線，練氣功。無批評之刺耳，惟頌揚之諧音。察言又觀色，領導笑吟吟。今人云：「樂在其中！」

剝皮41 科室銘

功不在高，會侃就行。學不在深，能拍則靈，斯是科室，惟吾閒情。下班跑得快，上班磨蹭蹭。琢磨中晚飯，尋思親朋情。放心做私事，上街亭。有笑聲之亂耳，無工作之苦心。雖非娛樂場，堪比咖啡廳。心裡云：「增長工齡。」

剝皮42 財銘

【台】黛郎

人不在高，有財則名。學不在深，有貨則靈。斯是錢室，惟吾德馨。榆根滿庭綠，蚨影一房青。談笑少窮儒，往來多白丁。可以焚古琴，悖常經。無書聲之亂耳，有銅臭之隨形。家肥富田廬，屋潤廣園亭。錢癆云：「何愁之有？」

剝皮 43 煙室銘

晚清年間，鴉片之毒，蔓延全國，耗財傷民，貽害無窮。有識之士乃仿《陋室銘》體，寫了《煙室銘》，力陳吸食鴉片之害，頗受時人讚賞，並流傳至今。銘曰：

室不在新，有煙則名；膏不在陳，有灰則靈。斯是煙室，惟吾癮深，半缸黝焉黑，一燈熒然青。應酬有堂倌，把守無門丁。可以惰志氣，振神經。快吞吐之得意，忘吸呼之勞形。此是煙鬼窟，休認醉翁亭。老癮云：「何戒之有！」

剝皮 44 煙室銘

燈不在高，有油則明。槍不在長，有煙則靈。斯是煙室，惟吾癮心。燈光照銀綠，煙氣上臉青。談笑有煙友，往來無壯丁。可以調膏子，敷斗泥。無響聲之入耳，有燙手之勞形。南陽壽三十，西蜀太古燈。君子云：「何癮之有？」

剝皮 45 麻將銘

有人把麻將譽為中國的「國粹」，謂區區一百三十六張牌，蘊含著無窮無盡的變化。台、港、澳歷來都盛行麻將耍樂，近年來內地亦有流行。此樂小耍可以怡情，但沉迷則會亂性，萬不可放縱。有一篇麻將銘，頗為諧趣。

藝不在精，有錢則靈。人不在多，四位則行。斯是清娛，惟麻將經。才撈海底月，又食門前清。搶槓當自摸，詐糊無得傾，可以健精神，活腦筋。有晝夜之消遣，無男女之區分。四圈現勝負，得意勿忘形。賭鬼云：「何厭之有！」

剝皮46

麻將銘

藝不在精，有錢則靈。人不在多，四位則行。斯是清娛，惟麻將經。斷么獨聽門前清，海底撈月，槓上尋坎心。可以健精神，活腦筋。有晝夜之娛遣，無男女之區分。四圍現勝負，得意勿忘形。賭鬼云：「何厭之有？」

剝皮47

教室銘

山不在高，有仙則名。學不在深，能混則行。斯是教室，惟吾閒情。上課準遲到，課中不見人。實在不能溜，腦子也走神。可以談戀愛，寫家信。無書聲之亂耳，無複習之勞神。雖非跳舞場，堪比遊樂廳。心裡云：「混張文憑。」

剝皮48 教室銘

分不在高，及格就行。學不在深，作弊則靈。斯是教室，惟吾閒情。小說傳得快，雜誌翻得勤。琢磨下象棋，尋思看電影。可以打瞌睡，寫情信。無書聲之亂耳，無學習之勞心。雖非跳舞場，堪比遊樂廳。心裡云：「混張文憑。」

剝皮49 考試銘

學不在精，作弊就行。功不在深，能抄則靈。斯是考場，惟吾機動。前排伸頭看，後排踢腳跟。左座對答案，右座抄方程。可以搞挾帶，翻書本。有絲竹之悅耳，無案牘之勞形。六十分萬歲，理想在文憑。小子云：「何愧之有？」

剝皮50

考試銘

分不在高，上線則靈。願何須大，考上就行。斯是家長，此望最殷。蟾宮須折桂，功成慰雙親。還需請家教，生熟一口悶。考去考來只是考，分來分去如命根。必須趕夜車，做練習。無娛樂之功夫，無休息之閒餘。急急如律令，整日頭暈暈。學生嘆：「如同上刑。」

剝皮51

考試銘

另一位培正中學的陳暉，結合自己的實際體驗，寫了一篇《考試銘》，刊登在《華僑報》上：

書不死記，理解就行；人不怕笨，勤學則明。斯是大考，惟吾拼命。夜夜挑燈讀，知識日漸精。課後勤溫習，堂上留心聽。努力攻數理、鑽中英。無一絲之苟且，無半日之閑情。前座勤學生，鄰位優異生。心裡盼：「力爭頭名！」

剝皮52
演出銘

眼不在大，有錢則明。藝不在高，皮厚就行。搖頭擺尾，故作摩登。「靈魂工程師」，糊弄老百姓。誰敢道「肉麻」，莫怪摔話筒。卸裝點鈔票，打算盤，爭分紅。假夏洛克餘勇，抖烏眼雞威風。雖非交易所，勝似鬧天宮。觀衆云：「徒有其名。」

剝皮53

演出銘

眼不在大，見錢則明。藝不在高，皮厚就行。搖頭擺尾，故作摩登。「靈魂工程師」，糊弄老百姓。誰敢道「肉麻」，莫怪摔話筒。卸裝於幕後，猶聞倒彩聲。趕緊打算盤，點鈔票，爭分紅。假夏洛克之餘勇，抖烏眼雞之威風。金嗓兒登台五百五，銀嗓兒四百也掛零。明星對新秀，難分輸與贏。雖非交易行，勝似鬧天宮。萬人嘆：「徒有其名！」

剝皮54

電影銘

戲不在好，嘩衆則靈。藝不在精，盤兒亮就行。斯是名導，身價倍增。半夜驚魂鬼來找，飛天神魔賭將軍。「脱星」更叫座，「奶油」又翻新。「兒童不宜」釣大魚，三級「啃」片假撤清。

可以找樂子，尋刺激。拳頭枕頭加噱頭，忸怩作態假正經。盲目效港台，放眼皆是星。觀衆曰：「實在惡心！」

剝皮55　寫作銘

文不在精，有「味」則名。事不在真，能謅則靈。斯是「新聞」，惟求「轟動」。期期刊凶殺，篇篇裹色情。句句夠「刺激」，字字堪「入勝」。可以憑想像，造「內容」。無採訪之辛苦，無審稿之勞形。競逐名與利，「喉舌」吹怪風。「上帝」云：「成何體統！」

剝皮56　評論篇

評不在準，有批則名。文不在深，有罵則靈。斯是墨客，惟我獨尊。新詞亂裝點，新法嚇衆人。談論無邊際，稿費最關心。可以抄古書，拉洋人。無根據之挑剔，沒來由之比興。啤酒裡找茶，佛頭上著糞。識者曰：「白費精神。」

剝皮57

庸醫銘

術不在高，能吹則名。業不在精，會唬則靈。斯是診室，惟吾稱雄。抨擊同行蠢，貶低西醫庸。自詡具妙手，回春力無窮。兼營看手相，觀風水，驅災星。無務農之費力，無經商之勞形。逢人即思騙，遭罵便裝聾。心裡云：「來錢就行。」

剝皮58

騙子銘

藥不在多，秘方則行。技不在高，祖傳則靈。斯是絕活，惟吾得行。三五味草藥，七八個瓶瓶。談笑驅疾病，注射不用針。擅長醫結核，治癌症。替省長開過腦，為將軍縫過針。闖蕩東南亞，行醫北京城。呼喝曰：「包醫百病。」

剝皮 59
假冒銘

貨不在真，假冒則名。物不在美，喬裝則精。斯雖敗絮，任我翻新：赭石當紅玉，黃銅作赤金。豬骨充虎骨，狗心冒熊心。可以打誑語，念歪經。有「上帝」之受騙，無「信徒」之虧心。練就鬼蜮性，已成魔頭精。衆怒曰：「萬惡災星！」

剝皮 60
擇偶銘

學不在高，有個兒就行。最低標準，一米八零。雖難攀關羽，也該像武松。外出模樣俊，回家增感情。站起似鐵塔，穿衣顯體形。生女立婷婷，生男硬錚錚。上顧爹娘之體面，下保兒女之光榮。一高遮百醜，哪管腹中空。難怪惹人笑：「當代糊塗蟲！」

剝皮 61

斗室銘

現代名人吳稚暉先生，生平淡泊名利，國學根柢深厚。他為人幽默詼諧，嘻笑怒罵，尖刻入骨。抗戰期間，吳稚暉在重慶，向庚子教育基金保管委員會借用一間小屋，以為棲身。他在自己的起居室的窗口上貼了「斗室」二字，並作《斗室銘》云：

山不在高，有草則青。水不在潔，有礬則清。斯是斗室，無庸德馨。談笑或鴻儒，往來亦白丁。可以彈對牛之琴，可以背髫鬍之經。聳臀草際白，糞味夜來騰。電台發懶悃之叫，茶客擺龍門之陣。西堆交通煤，東傾掃蕩盆。國父云：「阿斗之一，實中華民國之大國民。」

剝皮 62

陋室銘

【台】陳少華

結廬人境，心遠地偏。桑門蓬户，知足怡然。斯是陋室，樂乎周旋。長藤攀屋角，茂樹蔭檐前。笑談無俗客，來往俱忘年。可以供茗碗，綴詩篇。無是非之亂耳，無榮辱之懷牽。禹錫陋室銘，淵明五柳篇。君子曰：逸士所居，何陋之有？

剝皮63 新陋室銘

房不在新，能住則行。屋不在大，有書則成。斯是陋室，令人德馨。檐低掩青綠，池小見游鱗。談話有憂樂，往來多白丁。可以通民氣，敘國情。有勞作之真趣，無迎往之傷神。淡泊養生息，儉樸壯晚情。自得曰：「吾本一民。」

剝皮64 新陋室銘

周有光

山不在高，只要有葱鬱的樹林。

水不在深，只要有洄游的魚群。
這是陋室，只要我惟物主義地快樂自尋。
房間陰暗，更顯得窗子明亮。
書桌不平，要怪我伏案太勤。
門檻破爛，偏多不速之客。
地板跳舞，歡迎老友來臨。
臥室就是廚室，飲食方便。
書櫥兼作菜櫥，菜有書香。
喜聽鄰居的收音機送來音樂。
愛看素不相識的朋友寄來文章。
使盡吃奶氣力，擠上電車，藉此鍛鍊筋骨。
為打公用電話，出門半里，順便散步觀光。
仰望雲天，宇宙是我的屋頂。
遨遊郊外，田野是我的花房。
笑談高幹的特殊化。

贊成工人的福利化。
同情農民的自由化。
安於老九的貧困化。
魯迅說：萬歲，阿Q精神！

剝皮65 廉政銘

清廉為政，國風則正。執法嚴明，社會則寧。斯若任人，惟潔賢升。賄賂「過街鼠」，「後門」通法庭。行須效陸贄，方言得民信。敢除害群馬，掃弊症。視奢侈為仇敵，樹儉樸為神聖。「公僕」三日省，華夏始可興。百姓盼：「快快實行。」

剝皮66 公僕銘

位不在高，廉潔則名。權不在大，為公則靈。吾是公僕，為民竭忠。心揣大目標，宗旨律己行。躬身四化業，弘揚求是風。時時處處事，廉明公。無謊報之亂耳，無取寵之劣行。蘭考焦裕祿，余輩之先鋒。中山云：「天下為公。」

剝皮67 公僕銘

位不在高，廉潔則名。權不在大，為公則靈。斯是公僕，服務於民。腳步邁基層，民情入腦深。談笑有百姓，往來無私情。可以明情況，察真情。無謊報之亂耳，無偏頗之愛心。蘭考焦裕祿，贏得萬民欽。衆人曰：「公僕精神。」

剝皮68 公僕銘

位不在高，廉潔則名。權不在大，為公則靈。斯是公僕，服務於民。腳步下基層，民情入腦深。談笑有百姓，往來無私人。可以明實際，察真情。無謊報之亂耳，無偏頗之擾心。蘭考焦裕祿，阿里孔繁森。衆人云：「公僕可欽。」

剝皮69 公僕銘

位不在高，清廉則名。權不在大，無私則靈。甘做公僕，為民終生。追求真善美，宗旨律己行。在任有政績，視察無奢情。心中有百姓，腦清醒。無枕邊之亂耳，無小人之奉承。有權不亂用，贏得衆民心。世人曰：「國家之幸。」

剝皮70 審計銘

名不在高，有規就行。院不在深，業精則靈。斯是審計，利國為民。鐵肩擔監督，妙手醫瘡痕。帳證堆成山，疑點追根源。監督不畏難，執法如山嚴。無冤假之錯案，無枉法之私緣。法規常記清，身正要清廉。群衆讚：「明鏡高懸！」

剝皮 71

税務官座右銘

官不在高，有德則名。資不在深，業精則靈。斯是税官，惟廉是馨。税法擎在手，一顆事業心。談笑有章法，往來無後門。可以遭白眼，絕親情。無音像之悅耳，有聚財之勞形。分角皆辛苦，理解縈真情。君子曰：「赤子之心。」

剝皮 72

宴之銘

序：被稱為布衣部長的吳文英不僅嚴格律己，還十分重視部機關的廉政建設。

為了制止用公款大吃大喝，曾主持制定了十六字方針：「四菜一湯，以素為主，半個小時，吃飽吃光。」茲仿唐代文人劉禹錫《陋室銘》而銘之。

宴不在精，吃飽就靈。菜不在多，吃光就行。斯是盛宴，禮到為宜。飲料國產化，園蔬逾珍饈。宴請須儉約，廉政得民心。可以論開放，談改革。無牢騷之亂耳，無主客之拘泥。布衣部長吳文英，廉政建設說真情。群衆曰：「何樂不為。」

剝皮 73

滔場銘

宴不在豐，有酒則靈。酒不須好，度高就行。斯是喝家，須比輸贏。拳分京、川、廣，手探「五弦琴」。杯來盞往車馬戰，吆三喝四聲如雷。摟著脖子灌，翻臉不認人。可以稱兄弟，裝子孫。無太白之遺韻，有酒徒之餘威。臉如豬肝色，窩成一攤泥。觀者云：「何苦來哉?!」

剝皮 74

文摘銘

序：中共汕頭市委宣傳部主辦的文摘月刊《學習之友》，出版已居百期，特仿唐人劉禹錫《陋室銘》作《文摘銘》，以之誌賀。

刊不在大，有益則行。篇不在長，有用則靈。如斯文摘，實副其名。放眼觀時局，推心論國情。揚人間正氣，傳民衆呼聲。可以增見識，明愛憎。無假話之亂耳，有直言之赤誠。出版百期滿，再奔萬里程。編者云：「精益求精！」

剝皮 75

贊《語言美》報

報不在大，活潑清新。文不在長，詞約意豊。《語言美》報，特色鮮明。文章高質量，用稿多基層。賞析又評點，樸實見真淳。可以啟思維，增智能。為教師之參謀，是學生之良朋。爭相來閱讀，受惠千萬人。讀者云：「美在其中！」

剝皮 76 醫室銘

門不在高，衆仰則名。堂不在深，回春則靈。斯是醫室，為民德馨。統治內婦兒，座納老中青。談笑多羸客，往來無壯丁。細與辨陰陽，審脈經。有呻吟之亂耳，有呼吸之勞神。指明胸腑事，藥到疾病停。病家云：「何痛之有?!」

剝皮 77 藥袋銘

醫不在高，有求則名。藥不在貴，對症則靈。斯是藥袋，五〇五名。內疾靠外治，病癒顯神功。國民皆稱好，洋人亦奇驚。可以壯元氣，療百病。無高昂之費用，無絲毫副作用。教授來輝武，集中醫大成。療者云：「何不試之？」

剝皮78 學校銘

校不在老，改革則名。教不在多，啟發則靈。斯是吾校，惟求創新。園中草茵綠，柳竹相映青。談笑有師求，往來無盲丁。可以調弦琴，吟新聲。無噪音之刺耳，無題海之勞神。高中大兄姐，初中小弟妹。校長曰：「桃李芳芬！」

剝皮79 髮店銘

店不在大，業精則名。本不在多，得益則靈。斯是髮店，惟吾經營。進門雖垢面，出門便年輕。往來四海客，來者一樣親。可以電化燙，款式新。無醜怪之亂耳，理優美之髮型。服務須周到，開口笑臉迎。衆者云：「貼近人心！」

049　剝皮銘

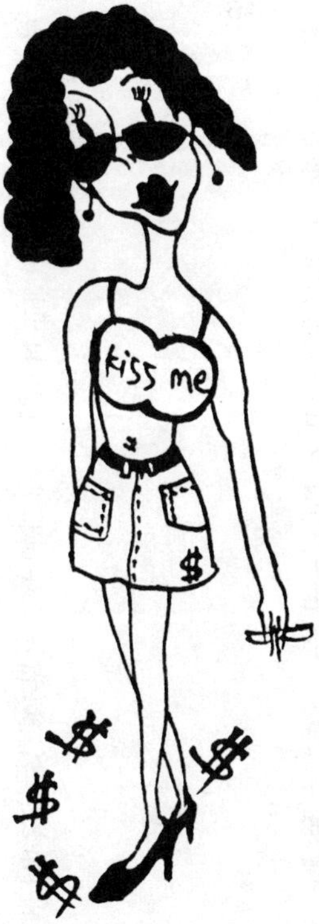

剝皮 80

葷段子銘

話不在多，有色就行。嗑不在雅，越俗越精。斯是葷話，為吾心傾。層層鋪墊後，包袱抖得猛。談笑有男女，往來古今成。可以活氣氛，調調情。無工作之鬧心，無家務之勞形。南起瓊州府，北至漠河城。孔子曰：「吾未見好德如好色者也。」

剝皮 81

洗腳屋銘

地不怕偏，有娼則名。屋不怕小，有客則靈。斯是陋室，惟錢德馨。「公僕」上階醉，美人入簾腥。談笑有奸商，往來無貧丁。可以洗臭腳，論嫖經。無警笛之亂耳，僅床笫之勞身。工商所鋪路，派出所放行。婊子云：「何懼之有？」

《雜文月刊》二〇〇〇年第七期

剝皮82
藏石銘

石不在大，有靈則神。藏不在多，有奇則名。斯是石閣，惟石為尊。山骨質堅貞，玉德寓金聲。移山入室雄，石境壺天勝。日與石相對，心會心。啟徹悟之靈光，窺色相之清靈。賞石以明志，藏石以養性。癖者曰：「返樸歸真！」

剝皮83
打機銘

近年來，港澳盛行各類遊戲機，並開設了眾多的「遊戲機中心」，吸引了不少的青少年。有一位中四學生吳炳基，針對這種現象，作了一首《打機銘》：

錢不在多，一元則行；運不在好，技精則靈。斯是打機，惟吾最醒。眼睛轉得快，子彈射得勁。怪獸來得凶，發炮將它懲。可以練反應，振神經。無晝夜之區分，有興奮之心情。雖非武林道，高手技藝精。機迷曰：「何悶之有！」

剝皮 84

盧園銘

盧廉若公園，是澳門的名勝。園內假山怪石，幽徑曲橋，古樸清雅，別具一格，頗有蘇州園林的風致。每逢盛夏，荷花盛開，不但遊人眾多，且持機攝影的拍友也特別多，真可謂極一時之盛。培正中學的劉玉玲有一篇《盧園銘》以誌：

山不必真，有石則靈；水不必清，有荷則名。斯是盧園，澳門名勝。嫩草鋪綠氈，奇樹立錦屏。遊客來參觀，拍友齊攝影。可以耍太極，賞美景。無廢氣之污染，無汽笛之嘈聲。武陵桃花源，蘇州滄浪亭。遊客云：「美哉盧園！」

剝皮 85

賭客銘

澳門素有東方蒙地卡羅之稱。著名作家秦牧先生曾三臨澳門，並寫下《東方蒙地卡羅漫記》，傳頌濠江。蒙地卡羅，是世界著名的賭城。澳門亦因賭博吸引了不少港台遊客和外國遊客。澳門《華僑報》曾刊載劉志揚的《賭客銘》：

地不在大，有賭則名；本不在多，有運則贏。斯是澳門，惟賭至興。遊人上碼頭，賭客入葡京。談笑有豪客，往來無少丁。可以買大細、落輪磐。無男女之區別，有喜怒之表情。西有皇宮船，南有葡京城。燊歌曰：「何貧之有！」

因澳門賭場規定十八歲以下不准入內，故銘云：「往來無少丁」；澳門的「海上皇宮」、「葡京娛樂城」是賭場所在地，分別在澳門的西面和南面。「燊哥」是港澳人對賭場東主之一的何鳴燊的謔稱。

剝皮詩

陵支表

原著

風雨

風雨淒淒，
雞鳴喈喈。
既見君子，
云胡不夷！

風雨瀟瀟，
雞鳴膠膠。
既見君子，
云胡不瘳！

風雨如晦，
雞鳴不已。
既見君子，
云胡不喜！

《詩經》

剝皮1

宋代，縣一級地方官下鄉，敲詐勒索特別嚴重，上級也睜一隻眼閉一隻眼，不加禁止，此風日甚一日。於是，有人在京口一旅店，效《詩經》體，作《雞鳴》詩一篇，並序云：「《雞鳴》，刺縣尉下鄉也。」詩云：

雞鳴喈喈，
鴨鳴呷呷。
縣尉下鄉，
有獻則納。

雞鳴於塒，
鴨鳴於池。
縣尉下鄉，
靡有孑遺。

雞既鳴矣，

鴨既鳴矣。
鑼鼓鳴矣，
縣尉行矣。

原著

大風歌

【漢】劉 邦

大風起兮雲飛揚，
威加海內兮歸故鄉，
安得猛士兮守四方？

剝皮1

清李寶嘉《南亭四話》載：某太史晚年得惡疾，鬚眉墜落，鼻梁斷壞，苦不堪言，因乞提前退休。臨行前，同事設宴送別。席間，有同事仿《大風歌》相戲曰：

大風起兮眉飛揚，
檝加楸內兮歸故鄉，
安得猛士兮守鼻梁。

座中大笑，太史默然。

剝皮2

北洋軍閥張宗昌，出身土匪之家，當了軍閥之後，竟專好作詩。如有一首叫《笑劉邦》：

聽說項羽力拔山，
嚇得劉邦就要竄。
不是俺家小張良，
你奶奶早已回沛縣。

讀這些「土匪詩」，未有不噴飯者。
他還仿劉邦《大風歌》賦詩一首，題為：《俺也寫個大風歌》：

大炮開兮轟他娘，
威加海內兮回故鄉。
數英雄兮張宗昌，
安得巨鯨兮吞扶桑。

剝皮 3

一九四九年前有一個窮讀書人被解雇失業回家，前途渺茫，心情沮喪，於是他仿《大風歌》寫了一首騷體詩：

大風起兮甑滾坡，
收拾鋪蓋兮回舊窩，
安得猛士兮守沙鍋?!

原著

四愁詩

【漢】張　衡

我所思兮在太山，
欲往從之梁父艱，
側身東望涕沾翰。
美人贈我金錯刀，
何以報之英瓊瑤。
路遠莫致倚逍遙，
何為懷憂心煩勞。

我所思兮在桂林，
欲往從之湘水深，
側身南望涕沾襟。
美人贈我金琅玕，
何以報之雙玉盤。
路遠莫致倚惆悵，
何為懷憂心煩傷。

我所思兮在漢陽，
欲往從之隴阪長，
側身西望涕沾裳。
美人贈我貂襜褕，
何以報之明月珠。
路遠莫致倚踟躕，
何為懷憂心煩紆。

我所思兮在雁門，
欲往從之雪紛紛，
側身北望涕沾巾。
美人贈我錦繡緞，
何以報之青玉案。
路遠莫致倚增嘆，
何為懷憂心煩惋。

剝皮1

一九二四年十月三日，魯迅先生鑑於當時「阿呀阿唷，我要死了」之類的失戀詩盛行，便仿擬東漢張衡《四愁詩》的格式寫了一首以「由她去吧」收場的詩，開開玩笑。詩題為：《我的失戀——擬古的新打油詩》。詩云：

我的所愛在山腰，
想去尋她山太高，
低頭無法淚沾袍。
愛人贈我百蝶巾，
回她什麼：
貓頭鷹。
從此翻臉不理我，
不知何故兮使我心驚。

我的所愛在鬧市，
想去尋她人擁擠，
仰頭無法淚沾耳。
愛人贈我雙燕圖，

回她什麼：
冰糖葫蘆。
從此翻臉不理我，
不知何故兮使我糊塗。

我的所愛在河濱，
想去尋她河水深，
歪頭無法淚沾襟。
愛人贈我金錶索，
回她什麼：
發汗藥。
從此翻臉不理我，
不知何故兮使我神經衰弱。

我的所愛在豪家，

想去尋她兮沒有汽車，
搖頭無法淚如痲。
愛人贈我玫瑰花，
回她什麼：
赤練蛇。
從此翻臉不理我，
不知何故兮——由她去吧。

原著

七步詩

【舊題三國・魏】曹植

煮豆燃豆萁，
豆在釜中泣。
本是同根生，
相煎何太急！

剝皮1

魯迅先生是「拿來主義」的能手。一九二五年五月他在〈咬文嚼字〉一文中說：「據考證學家說，這曹子建的七步詩是假的。但也沒有什麼大相干，姑且利用它來活剝一首，替豆萁伸冤。」（見《華蓋集》）魯迅「活剝」的仿擬詩是：

煮豆燃豆萁，
萁在釜下泣；
我燼你熟了，
正好辦教席！

這裡需要介紹一下背景：一九二五年魯迅在北京女子師範大學任教。校長楊蔭榆勾結官僚政客破壞學生運動，魯迅支持學生反對北洋軍閥政府和驅逐校長的愛國運動，即著名的「女師大事件」。楊蔭榆把學校曲解為「家庭」，實施「家長權統治」。哲學系教員汪懋祖把校內人事喻為「兄弟」，把學生反抗校長視為「相煎益急」。魯迅以子之矛，攻子之盾，寫了上面的仿擬《七步詩》，以「豆」喻校長及其朋黨，以「萁」喻被迫害的學生，目的是「替豆萁伸冤」。詩中所謂「辦教席」，即譏誚反動壟斷教育，討好上司。魯迅先生古為今用，隨手拈來，反其意諷刺那些鎮壓愛國學生運動的御用文人與政客，可謂入木三分。

原著

七步詩

【三國・魏】曹 植

煮豆持作羹，
漉豉以為汁。
萁在釜下燃，
豆在釜中泣。
本自同根生，
相煎何太急。

剝皮 1

郭沫若先生有篇〈論曹植〉。他在文中，既承認曹植「才高八斗」，又說曹丕「功績不能湮沒」，並提出《七步詩》附會的成分要占多數。「借豆為喻，使人人都能理解，是這首詩普遍化了的原因。」他認為，站在豆的一方，「可以感到萁的煎迫未免過火」；若站在萁的方面，「不又是富於犧牲精神的表現嗎？」所以郭沫若先生寫了一首風趣的《反七步詩》：

煮豆燃豆萁，

豆熟萁已灰。
熟者席上珍，
灰作田中肥。
不為同根生，
緣何甘自毀?!

這不成了兄弟相助嗎？
自古人們以《七步詩》喻兄弟相殘，而郭老則突破思維定勢的固有框架，反其意而用之，這種富於創新的精神值得借鑑。

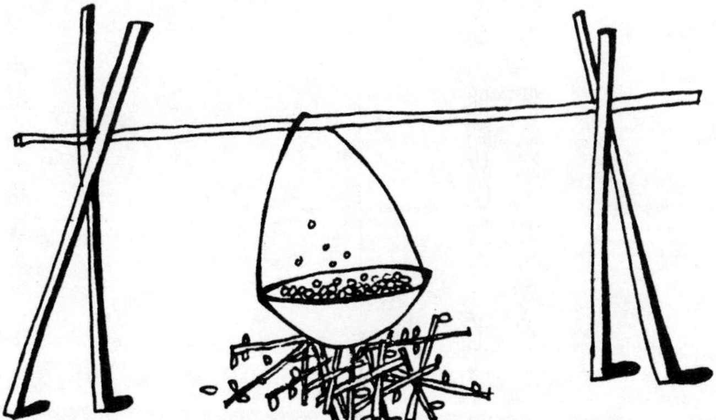

原著

小麥謠

【西晉】司馬彪：《續漢書》

小麥青青大麥枯，
誰當穫者婦與姑。
丈人何在？
西擊胡。
吏買馬，君具車，
請為諸君鼓嚨胡。

剝皮 1

一九五八年秋天，彭德懷到他最熟悉的農村去實地考察。他到故鄉烏石、平江，向農民了解生產和生活情況。在平江，一位老紅軍戰士遞給他一個紙條，上面寫著：

穀撒地，
薯葉枯。
青壯煉鋼去，

收穫童與姑。
來年日子怎麼過？
請為人民鼓嚨呼。

詩中，改後漢童謠中「鼓嚨胡」為「鼓嚨呼」，頗具深意。「鼓嚨胡」，意謂只鼓鼓喉嚨，話不敢說出口。而「鼓嚨呼」則不然，意思是放開喉嚨，大聲疾呼。充分體現了廣大人民群眾要求彭德懷在「浮誇風」盛行年代為民請命的急切心情。

原著

敕勒歌

南北朝樂府民歌

敕勒川，
陰山下。
天似穹廬，
籠蓋四野。
天蒼蒼，
野茫茫，
風吹草低見牛羊。

剝皮 1

一些向文學雜誌社投稿的作者，文長而字草，令編輯頭疼。有人仿用《敕勒歌》中後三句的格調，對「天書」式的文字進行了諷刺：

篇蒼蒼，
字茫茫，
風吹草紙見四行。

075 剝皮詩

原著

渡漢江

【唐】宋之問

嶺外音書斷，
經冬復歷春。
近鄉情更怯，
不敢問來人。

剝皮 1

一士人怕妻甚，改唐宋之問《渡漢江》詩以抒怕妻之情，詩云：

外遇姻緣絕，
三冬復一春。
近床情更怯，
不敢問夫人。

077　剝皮詩

原著

臘日宣詔幸上苑

【唐】武則天

明朝遊上苑，
火急報春知。
花須連夜發，
莫待曉風吹。

剝皮 1

近人雷瑨《文苑滑稽談》載：有甲乙兩雜工，粗通文墨，春日飲於某園，時見一海棠初出芽，尚未著花，遂仿唐武則天詩聯吟一首詩：

海棠真大膽，
抗諭不應該。
混帳王八蛋，
明日開不開?!

079　剝皮詩

原著

回鄉偶書

【唐】賀知章

少小離家老大回，
鄉音無改鬢毛衰，
兒童相見不相識，
笑問客從何處來？

剝皮 1

清時有人改動這首詩嘲諷科舉制度。清制規定：童子試除筆試外，還要「當堂提復」——相當於面試。某人年近半百，尚在為童子試「拚搏」，擔心面試通不過，便剃去了鬍鬚，假充年輕人，結果仍被淘汰。友人作詩戲謔道：

老大離家少小回，
鄉音未改嘴毛摧。
老妻相見不相識，
笑問兒從何處來？

剝皮 2

某高校校刊登載兩幅漫畫，並配有詩。漫畫畫的是：有一位青年，剛離家進大學時，裝束樸素。可一年以後，「飛機頭」、「大鬢角」，回到家門，連母親也認不出來了。所配詩是：

去年讀書今年回，
鄉音無改鬢毛垂。
老母相見不相識，
驚問客從何處來。

剝皮 3

民國李鐸《破涕錄》載：滿清朝廷被推翻後，頭顱得以光復。人們剪辮後，多蓄小鬚，有人遂改唐詩云：

少小離家老大回，
鄉音無改髮毛衰。

兒童相見不相識，
笑問喇嘛何處來？

原著

登鸛雀樓

【唐】王之渙

白日依山盡，
黃河入海流。
欲窮千里目，
更上一層樓。

剝皮1

有人嘆當今賭風日熾，仿唐王之渙《登鸛雀樓》，寫成《「築城」》詩：

白日如梭去，
黃金似水流。
欲窮今夜目，
更築一城樓。

按：搓麻將，一曰「築城」，一曰「修長城」。

原著

涼州詞

【唐】王 翰

葡萄美酒夜光杯，
欲飲琵琶馬上催。
醉臥沙場君莫笑，
古來征戰幾人回？

剝皮 1

清「蜀伶之冠」肖遐亭，為四川提督胡中和率兵出征唱《卸甲封侯》一戲助興。扮演郭子儀的肖遐亭出場時借用唐王翰《涼州詞》作劇中人的登場詩。不過，王詩第四句不適合捧場，他作了修改。詩云：

葡萄美酒夜光杯，
欲飲琵琶馬上催。
醉臥沙場君莫笑，
一戰功成奏凱回！

剝皮 2

清代有人套改唐朝詩人王翰《涼州詞》，描寫在高級煙館裡抽鴉片煙的人，詩曰：

葡萄洋酒夜光杯，
欲飲琵琶榻上催。
醉臥煙床君莫笑，
古來煙客幾人回。

剝皮 3

近人柴小梵《梵天廬叢錄》載：清末，廣東大沙頭火災，李益智焚死，聞者稱快。有人套唐詩以嘲之：

年糕美酒夜光杯，
欲飲船頭鬼亂催。
死臥沙頭君莫笑，
此來嫖客幾人回。

剝皮 4

趙寧仿唐王翰《涼州詞》敘留美：

葡萄美酒夜光杯，
欲乘包機馬達催。
醉臥機場君莫笑，
自來留美幾人回。

剝皮 5

抗日戰爭時期，重慶的「吉普女郎」風靡一時。她們或伴美軍跳舞通宵達旦，或隨美軍擁坐於吉普軍車上招搖過市。她們中，既有妓女和一般婦女，也有名門閨秀或官紳太太。前方浴血抗戰，後方如此烏煙瘴氣，叫人看了既惡心又痛心。為了鞭撻此種卑污現象，有人將唐人王翰的《涼州詞》改為打油詩，命題曰：《妓女感懷》。詩曰：

瀘州麯酒夜光杯，
客與方濃玉漏催。

連日外眠君莫笑，
名媛伴舞幾人回！

原著

春曉

【唐】孟浩然

春眠不覺曉，
處處聞啼鳥。
夜來風雨聲，
花落知多少。

剝皮 1

清代，有位無行文人，姓吳，特愛改唐詩。一天，他見一大腳婢，詩興大發，戲改《春曉》詩云：

春梅腳不小，
處處聞她跑。
夜來雲雨聲，
攀落知多少。

吳此剝皮詩，巧而傷雅。

091 剝皮詩

剝皮2

四川奉節縣民間流傳一個故事。

一次，湖北詩人孟浩然帶著他的夫人來白帝城春遊，當晚在北園下榻。夜裡一場風雨，使詩人靈感大發，他把正在熟睡的夫人叫醒，把他所作的《春曉》念給夫人聽：

春眠不覺曉，
處處聞啼鳥。
夜來風雨聲，
花落知多少。

詩人吟罷，心中十分舒坦，加之旅途勞累，便倒在床上呼嚕呼嚕打起鼾來。

他夫人被他吵醒，心頭本來就不舒服，這陣子鼾聲如雷，她又睡不著，就咕嚕咕嚕地埋怨道：「別人睡得正香，你要把人喊醒聽你的詩，什麼『春眠不覺曉』，你會作詩，你怕我不會？看我也來一首給你聽。」於是，她也作了一首《春曉》：

春眠不覺曉，
心中煩死了。
你的鬼噗鼾，

不扯好不好？

他倆人在屋裡作詩，把睡在屋簷下的一個叫化子給鬧醒了。叫化子聽了孟夫人的詩，噗哧一笑：「啊！這也叫詩呀！這樣的詩我也能作得出來。」於是，他也作了一首《春曉》：

春眠不覺曉，
虱子餓虼蚤。
老子逮幾回，
個都未逮到。

剝皮 3

從前，一丈夫怕妻。一日，改唐孟浩然《春曉》詩以抒情，曰：

陰陽不分曉，
羨煞雙棲鳥。
妻來呵罵聲，
淚落知多少。

剝皮 4

一九四九年前，四川省某縣有一所中學，學生們讀了幾首詩後便紛紛學著寫「詩」了。哪裡是什麼「詩」，分明是些拼湊幾句字數相等、連韻腳也不全的東西罷了。有位語文教師閱了學生的習作並非一概否定，而是在課堂上評述好壞、循循善誘。一次，這位先生談到要有詩味，即戲改唐孟浩然《春曉》詩：

春眠不覺曉，
處處聞啼鳥。
披衣下床去，
開門抱稻草。

並且解釋說：床上有跳蚤，所以抱草來把舊草換去。教學生這樣「詩味」，亦真令人絕倒。

剝皮 5

一九四九年前，四川省温江縣金馬河三渡水一帶多土匪，有人改《春曉》詩：

春眠夢驚曉，

處處聞狗咬。
夜來搶劫聲，
棒客知多少。

「棒客」乃當地方言，即土匪。

剝皮 6

今人蠹魚《股市打油詩》中，有一首是仿《春曉》詩的：

春眠不覺曉，
處處都在吵。
夜來一萬二，
天明知多少。

剝皮 7

二〇〇〇年下半年，台北股市慘跌，有人仿唐孟浩然《春曉》詩云：

斷頭不覺曉，
處處聞追繳。
夜來撞牆聲，
散户死多少。

原著

芙蓉樓送辛漸

【唐】王昌齡

寒雨連江夜入吳，
平明送客楚山孤。
洛陽親友如相問，
一片冰心在玉壺。

剝皮 1

北伐戰爭時期，葉挺將軍領導的獨立團在汀泗橋、賀勝街戰役中，打得北洋軍閥吳佩孚隻身坐火車逃往洛陽。吳行前聲言，今後不問軍事、政治，將以飲酒看花終老。謝覺哉乃仿唐朝詩人王昌齡《芙蓉樓送辛漸》詩嘲吳佩孚：

白日青天競倒吳，
炮聲送客火車孤。
洛陽親友如相問，
一片雄心在酒壺。

原著

出塞

【唐】王昌齡

秦時明月漢時關，
萬里長征人未還。
但使龍城飛將在，
不教胡馬度陰山。

剝皮 1

《清朝野史大觀》載：清朝左宗棠奉命治理中國西北邊陲事務，遂領兵出嘉峪關西行，一路上吩咐士兵栽種柳樹。起初的用意不過是為以後返回時留個標記。時間長了，路邊的柳樹長大了，一片濃蔭，原先荒漠的景象完全改觀了。有一位到西北遊歷的湖南籍士人，在塞外拜見左宗棠時，獻了一首詩，這詩顯然是仿唐代詩人王昌齡《出塞》詩的，詩云：

大將征西久未還，
湖湘子弟滿天山。

新栽楊柳三千里，
惹得春風度玉關。

左宗棠看了這詩，十分讚賞，以厚禮款待了這位士人。

剝皮 2

一九三八年夏，新四軍一支隊司令員陳毅率領部隊進駐茅山，與日寇黑田大佐所率領的「神鷹」旅敵對。有一次黑田讓女秘書給陳毅送去一幅《山川躍馬圖》，請陳毅題詩留墨。陳毅在畫上題了一首改字七絕，詩曰：

秦時明月漢時關，
萬里長征人未還。
但有中華兒女在，
不教倭寇度茅山。

陳毅對女秘書說：「回去告訴黑田，有本領請他自己來一趟，我在山門外等他。茅山雖小，有他一塊葬身之地！」

黑田打開畫卷，讀了題詩，聽了回話，氣得說不出話來。當夜時分，黑田親自帶著

「神鷹隊」五十多人，輕裝偷襲一支隊司令部。黑田衝進亮著燈光的司令部，只見桌上擺著一盤圍棋，棋盤下壓著一張紙條，上面寫著一首詩：

虛虛實實變幻多，
兵家自當細揣摩。
讓開小道三十里，
待軍來此作俘虜。

黑田知已中計，未曾拔腿，就做了新四軍的第一名「佐」字號俘虜。

原著

相思

【唐】王維

紅豆生南國，
春來發幾枝。
願君多採擷，
此物最相思。

剝皮 1

某女詩人，擅長舊體詩，去海南開會回來，熱情沸湧，贈某先生紅豆三顆。某先生回贈綠豆三斤，附五言絶句一首，云：

綠豆生北國，
春來發幾葉，
勸君多採擷，
此物最清熱。

原著

雜詩

【唐】王維

君自故鄉來，
應知故鄉事。
來日綺窗前，
寒梅著花未？

剝皮 1

二〇〇〇年下半年，台北股市慘跌。其原因，除受台灣政治、經濟因素影響外，還受美國股票不斷下挫的影響。有人仿唐詩云：

君自紐約來，
應知道瓊事。
來日看板前，
美股跌停未？

原著

早發白帝城

【唐】李　白

朝辭白帝彩雲間，
千里江陵一日還。
兩岸猿聲啼不住，
輕舟已過萬重山。

剝皮 1

一九五〇年六月的一天，來北京參加黨的七屆三中全會的上海市市長陳毅邀請在京的上海工商界人士召開座談會。陳毅在會上說：「上海度過了困難。這事實，大家都看到了吧？」許多人含笑點頭。「大家可以相信，這條路是對頭的，種種的懷疑和悲觀動搖是毫無根據的。現在，正像李白詩中所說，是『兩岸猿聲啼不住，輕舟已過萬重山』囉！」

一時滿堂笑語，舉座歡欣。那天適逢詩人趙樸初也在座，他比別人笑得更響，因為他最先從「猿聲啼不住」的比喻中體會到了陳毅對數月來某些人的懷疑、反對，以至嘲笑漫罵所作的諷喻和反擊。於是，他即席套用了這兩句寓意雙關的詩，湊成七絕一首：

將軍妙語絕人間，
四月江南不等閒。
兩岸猿聲啼不住，
輕舟已過萬重山。

剝皮2

今人有一首仿李白《早發白帝城》詩，對某些利用公款的旅遊者進行批評，詩曰：

朝辭廬山雲霧間，
千里杭州一日還。
群衆呼聲擋不住，
乘輿再遊武當山。

原著

清平調詞

【唐】李白

雲想衣裳花想容，
春風拂檻露華濃。
若非群玉山頭見，
會向瑤台月下逢。

剝皮 1

古時有士人楊群玉與薛瑤台二人，都十分怕老婆。一日，楊妻怒將楊吊於屋角，薛妻將薛罰跪於月下，有好事者仿唐李白《清平調詞》詩作詩以嘲之，詩云：

雲想衣裳花想容，
一聲獅吼塞河東。
若非群玉山頭見，
會向瑤台月下逢。

剝皮 2

「焰口」，指稱餓鬼。佛事中有「放焰口」（簡稱「焰口」），即是施食於餓鬼的儀式。這當中包括誦《焰口經》。

又逢放焰口，沈元圃改李白一詩云：

紙想衣裳錠想容，
秋風撲面粉花濃。
若非水陸場中見，
定向盂蘭會上逢。

原著

聽蜀僧濬彈琴

【唐】李白

蜀僧抱綠綺，
西下峨嵋峰。
為我一揮手，
如聽萬壑松。
客心洗流水，
遺響入霜鐘。
不覺碧山暮，
秋雲暗幾重。

剝皮1

清朝有人套用唐李白《聽蜀僧濬彈琴》詩，描寫官場，十分有趣：

皂隸拖竹板，
直入公生明。
為我一吆喝，

如聽犬吠聲。
積威震階陛，
餘響落堂楹。
明日丟官去，
蕭蕭獨自行。

原著

靜夜思

【唐】李　白

床前明月光，
疑是地上霜。
舉頭望明月，
低頭思故鄉。

剝皮 1

載：一九三九年四月，新四軍軍部派出巡視團到一、二支隊視察、慰問。陳毅在一支隊司令部所在地——茅山腳下的溧陽竹簣橋接待巡視員，並帶領巡視團北渡長江，到蘇北揚中、揚州、泰興等地檢查工作，調查抗日戰爭情況。途中改李白《靜夜思》云：

床前明月光，
疑是地上霜。
舉頭望明月，
低頭思救亡。

剝皮 2

新華出版社一九八九年出版的《群眾文化史》（當代）一書中收有一首《靜夜思》「剝皮」詩：

床前明月光，
疑是地上霜。
舉頭望明月，
低頭思食堂。

據書中介紹：在一九五八年，有些地方在發動群眾開展新民歌創作活動時，給群眾硬性規定任務，限期完成；有的地方設立關卡，群眾經過關卡，不交詩就不准通過；群眾進公共食堂不交詩，就領不到飯。因此，有人便改動《靜夜思》中的兩個字，寫了這樣一首「剝皮」詩，對逼迫群眾交詩的行為，給予辛辣的諷刺。

剝皮 3

有人仿唐朝李白《靜夜思》諷刺吃喝風：

桌上鬧嚷嚷，
疑是擺戰場。
舉頭喊「乾杯」，
低頭嘔斷腸。

剝皮 4

眼見大款一擲千金，趾高氣揚，不少人心為之動，神為之往，故今有李白《靜夜思》之仿作：

床前明月光，
疑是金銀霜。
舉頭望明月，
低頭思經商。

原著

贈汪倫

【唐】李白

李白乘舟將欲行，
忽聞岸上踏歌聲。
桃花潭水深千尺，
不及汪倫送我情。

剝皮 1

今人有一首仿李白《贈汪倫》詩，對送禮拍馬者進行諷刺，惟妙惟肖：

局長考察將欲行，
忽聞部下阿諛聲。
長沙漢水深千尺，
不及「良友」「茅台」情。

「良友」，一外國煙名。「茅台」，名酒名。

原著

望廬山瀑布

【唐】李白

日照香爐生紫煙，
遙看瀑布掛前川。
飛流直下三千尺，
疑是銀河落九天。

剝皮 1

今在校大學生，由於交學費甚多，故生活相對清苦。有學生仿李白《望廬山瀑布》詩云：

日照香爐生紫煙，
遥看烤鴨掛前竿。
口水直下三千尺，
一摸口袋兩分錢。

原著

登鳳凰台

【唐】李白

鳳凰台上鳳凰遊，
鳳去台空江自流。
吳宮花草埋幽徑，
晉代衣冠成古丘。
三山半落青天外，
二水中分白鷺洲。
總為浮雲能蔽日，
長安不見使人愁。

剝皮 1

清潘德輿《養一齋詩話》載：宋詩人郭祥正，少有詩名，深受梅堯臣稱賞。一日，在王安石家，仿李白《登鳳凰台》詩寫鳳凰台，「一座盡傾」。郭詩《鳳凰台》云：

高台不見鳳凰遊，
浩浩長江入海流。

舞罷青蛾同去國，
戰殘白骨尚盈丘。
風搖落日吹行棹，
潮湧新沙換故洲。
結綺臨春無處覓，
年年荒草向人愁。

原著

將進酒

【唐】李 白

君不見黃河之水天上來，
奔流到海不復回。
君不見高堂明鏡悲白髮，
朝如青絲暮成雪。
人生得意須盡歡，
莫使金樽空對月。
天生我材必有用，
千金散盡還復來。
烹羊宰牛且為樂，
會須一飲三百杯。
岑夫子，丹丘生，
將進酒，杯莫停。
與君歌一曲，
請君為我傾耳聽。
鐘鼓饌玉不足貴，

但願長醉不願醒。
古來聖賢皆寂寞，
惟有飲者留其名。
陳王昔時宴平樂，
斗酒十千恣歡謔。
主人何為言少錢，
徑須沽取對君酌。
五花馬，千金裘，
呼兒將出換美酒，
與爾同銷萬古愁。

剝皮 1

近幾年，社會不正之風在一些地方還存在，用公款吃喝、娛樂等，有禁不止。有人仿唐李白《將進酒》作詩一首，曰：

君不見美酒佳餚端上來，
四方賓客咧嘴樂。
君不見滿堂喜慶酒興發，

貪杯濫飲臉如血。
觥籌交錯意盡歡，
玉食金樽皆歡悅。
天生我腹終有用，
山珍海味無盡來。
名山大川會議熱，
豪情雅興豈在杯。
「談生意」，搞動作，
「拉關係」，悄悄說。
與君話衷曲，
義理淵深莫須聽。
喧嘩澌浪何足貴，
頭眩顱脹醉不醒。
交際應酬不寂寞，
市朝冠蓋播芳名。

名酒佳餚歌舞樂，
海闊天空歡戲謔。
何須問宴誰做東？
公費開支不斟酌。
江南啜，塞北飲，
賓館餐廳尋佳釀，
饕餮一醉解萬愁。

原著

蜀道難

【唐】李 白

噫吁嚱，
危乎高哉！
蜀道之難，
難於上青天。
蠶叢及魚鳧，
開國何茫然。
爾來四萬八千歲，
不與秦塞通人煙。
西當太白有鳥道，
可以橫絕峨嵋巔。
地崩山摧壯士死，
然後天梯石棧相鉤連。
上有六龍迴日之高標，
下有衝破逆折之迴川。
黃鶴之飛尚不得過，

猿猱欲度愁攀援。
青泥何盤盤，
百步九折縈岩巒。
捫參歷井仰脅息，
以手撫膺坐長嘆。
問君西遊何日還，
畏途巉岩不可攀。
但見悲鳥號古木，
雄飛雌從繞林間。
又聞子規啼夜月，
愁空山。
蜀道之難，
難於上青天。
使人聽此凋朱顏！
連峰去天不盈尺，
枯松倒掛倚絕壁。
飛湍瀑流爭喧豗，
砯崖轉石萬壑雷。

其險也若此，
嗟爾遠道之人胡為乎來哉！
劍閣崢嶸而崔嵬，
一夫當關，
萬夫莫開。
所守或匪親，
化為狼與豺。
朝避猛虎，
夕避長蛇。
磨牙吮血，
殺人如麻。
錦城雖云樂，
不如早還家，
蜀道之難，
難於上青天！
側身西望長咨嗟。

剝皮 1

清朝後期，國勢危弱，帝國主義列強向中國輸入鴉片，毒害我國人民。當鴉片盛行之時，全國上下，煙槍林立。有人仿李白《蜀道難》作《洋煙害》云：

噫吁嚱，
危乎殆哉！
洋煙之害，
害人若投淵。
一盞幽冥燈，
相對何怡然。
爾來一十又八省，
不徒遍地皆洋煙。
南當閩廣為尤甚，
人人嗜此如狂顛。
吞雲吐霧壯心滅，

況乃閨房習染相勾連。
中有嵌鑲斗架之高標，
又有鋼籤銀盒排兩邊。
古道之人尚不得免，
神仙欲度愁無緣。
水果堆盤盤，
茶壺煙袋若岩巒。
癮來咳嗆無休息，
以手撫胸坐長嘆。
問君臥遊何時還，
青雲路絕不可攀。
但見愁容如枯木，
勉強支加在人間。
又聞煙鬼語，
不惜崩銅山。

洋煙之害，
害人若投淵。
使我見此凋朱顏！
一生光陰已虛擲，
可憐家徒漸立壁。
朝呼暮吸肺肝摧，
腸肚轆轆響春雷。
其害也若此，
嗟爾趨時之人胡為乎吸哉！
有時自恨何苦來，
一朝上癮，
萬難丟開。
所交臭味同，
性皆狼與豺。
煙氣若瘴，

煙毒若蛇。
槍新槍老，
殺人如麻。
始吸雖云樂，
終不保身家。
洋煙之害，
害人若投淵，
回頭是岸免咨嗟！

原著

黃鶴樓

【唐】崔 顥

昔人已乘黃鶴去，
此地空餘黃鶴樓。
黃鶴一去不復返，
白雲千載空悠悠。
晴川歷歷漢陽樹，
芳草萋萋鸚鵡洲。
日暮鄉關何處是？
煙波江上使人愁。

剝皮 1

宋蔡正孫《詩林廣記》載：唐崔顥在武昌黃鶴樓題詩，李白見其詩，說：「眼前有景道不得，崔顥題詩在上頭。」後來，李白「故擬之，以較勝負，乃作《登鳳凰台》詩。」李詩曰：

鳳凰台上鳳凰遊，

鳳去台空江自流。
吳宮花草埋幽徑，
晉代衣冠成古丘。
三山半落青天外，
二水中分白鷺洲。
總為浮雲能蔽日，
長安不見使人愁。

剝皮 2

清林昌彝《海天琴思錄》載：清張南山太守，仿唐崔顥《黃鶴樓》詩仍寫黃鶴樓，詩云：

仙人去後詞人去，
但見長江天際流。
江上白雲應萬變，

樓前黃鶴自千秋。
滄桑易使乾坤老，
風月難消今古愁。
惟有多情是春草，
年年新綠滿芳洲。

剝皮 3

一九九三年一月三十一日，魯迅作雜文《崇實》，在感嘆大學生不如古物之後，說：「廢話不如少說，只剝崔顥《黃鶴樓》詩以弔之。」詩云：

闊人已乘文化去，
此地空餘文化城。
文化一去不復返，
古城千載冷清清。
專車隊隊前門站，
晦氣重重大學生。

日薄榆關何處抗，
煙花場上沒人驚。

所謂「崇實」就是愛寶貨，深層的含義是輕民命。他們搶運古物，哪裡是重文化，不過因為文物可以換洋錢罷了。詩中「日落榆關」，指日本帝國主義侵略軍逼近了山海關。「煙花場」，指妓女聚集之處。

剝皮 4

從前，有一個和尚下山，僧帽被風吹去，正好被一個文士看見，就仿崔顥《黃鶴樓》詩一、二聯，嘲之云：

僧帽已隨大風去，
此地空餘和尚頭。
僧帽一去不復返，
此頭千載光悠悠。

剝皮5

一年冬天，北京城朔風凜洌，大雪紛飛。偏在這嚴寒的日子裡，有一個進士的貂皮帽套被小偷竊走了，凍得渾身發抖，只好將背襖套在腦袋上。有一位愛開玩笑的同榜朋友見狀，便改唐代崔顥的《黃鶴樓》詩來描繪一番：

賊人已偷帽套去，
此地空餘帽套頭。
帽套一去不復返，
此頭千載空悠悠。
寒眸歷歷悲燕市，
短鬢淒淒似楚囚。
九十春光何日至？
胸包權戴使人愁。

剝皮6

在市場經濟商潮滾滾的今日，面對證券所裡外喧囂躁動，而圖書館卻「門庭冷落車馬稀」的不正常現象，有識之士憂思如焚，有人仿崔顥《黃鶴樓》作詩云：

昔人已經「下海」去，
此地空餘圖書樓。
「下海」一去不復返，
書香千載空悠悠。
人頭濟濟證券所，
酒香陣陣宴會樓。
夢中「四化」何處是，
大排檔上使人愁。

剝皮 7

面對毀良田濫開發、荒耕地開而不發的觸目驚心的景象，有人仿崔顥《黃鶴樓》作詩云：

莊稼已乘「開發」去，
此地空餘開發區。
開發多年不見「發」，
白雲數度空悠悠。
平川敞敞待商賈，
溪水滔滔伴荒洲。
稻浪麥花何處是，
荒草蔓生使人愁。

原著

春怨

打起黃鶯兒，
莫教枝上啼。
啼時驚妾夢，
不得到遼西。

【唐】金昌緒

剝皮 1

古時有一士人，頗有文才，但有懼內之症，因改唐代詩人金昌緒《春怨》詩云：

覺起弄嬌兒，
莫教床上啼。
啼時惹妻怒，
不敢玩東西。

剝皮2

陳雨門《燈謎趣話》引《邃庵詩話》載：有人仿金昌緒《春怨》而反其意者：

莫打黃鶯兒，
叫它枝上啼。
啼時驚妾夢，
免得到遼西。

剝皮3

有人仿金昌緒《春怨》諷刺時弊：

拔起電話筒，
莫叫機上啼。
啼時擾清靜，
不好下象棋。

原著

八陣圖

【唐】杜　甫

功蓋三分國，
名成八陣圖。
江流石不轉，
遺恨失吞吳。

剝皮1

四川軍閥割據時期，成都著名的川劇團「三慶會」到重慶演出。其時，正值軍閥劉湘打敗楊森，劉湘部下的師旅長們一定要「三慶會」名演員康芷林演拿手武戲《八陣圖》，以資慶賀。康品藝兼優，外號人稱「康聖人」，此時已是垂暮之年，只能演文戲。在軍閥威逼之下，他堅持演完，但進入後台就倒下了，立即被抬進醫院搶救。他從此臥床不起，不久就去世了。事後有人仿杜甫《八陣圖》詩，寫了一首五言絕句：

功蓋三慶會，
累死八陣圖。

川戰犧牲者，
遺恨未入吳。

末句指康死於川，未能東下蘇杭等地演出。

原著

寒食日經秀上人房

【唐】杜甫

花時懶看花，
來訪野僧家。
勞師擊新火，
勸我雨前茶。

剝皮 1

宋魏野在杜甫《寒食日經秀上人房》詩中加入幾字，使詩意更加充實。魏詩云：

城裡爭看城外花，
獨來城外訪僧家。
辛勤尋覓新鑽火，
為我親烹岳麓茶。

原著

春夜喜雨

【唐】杜甫

好雨知時節，
當春乃發生。
隨風潛入夜，
潤物細無聲。
野徑雲俱黑，
江船火獨明。
曉看紅濕處，
花重錦官城。

剝皮 1

近幾年來，人們對於社會上的多種腐敗行為和腐敗現象，早已深惡痛絕。有人仿擬杜甫《春夜喜雨》，寫了一首《送行賄者》：

行賄無季節，
隨處可發生。

攜禮潛入夜，
勾結悄無聲。
會面人如故，
彼此心自明。
曉蓋紅官印，
便告交易成。

剝皮 2

各種工程基建，多有行賄受賄事件發生。《改革時報》曾載《古詩新編・工程發包》云：

賄賂知時節，
招標乃發生。
隨風潛入夜，
簽約細無聲。
野徑雲俱黑，
官衙火獨明。
曉看都市裡，
危樓又幾層。

原著

戲簡鄭廣文虔兼呈蘇司業源明

【唐】杜　甫

廣文到官舍，
繫馬堂階下。
醉則騎馬歸，
頗遭官長罵。
才名四十年，
坐客寒無氈。
賴有蘇司業，
時時與酒錢。

剝皮 1

宋劉邠《中山詩話》載：北宋刁約，字景純。年幼好學，博極群書，能文章。天聖進士。寶元中任館閣校理，後直史館。治平中任揚州知府。

刁約敦厚，關心別人甚於關心自己，至誠過人。在京師時，凡有人請，雖至貧至下之人，刁約亦前往拜謁。如此，白天常不在家，夜歸常至三更。不知此情的人，常誤認為刁約是在往謁高官，走上層路線。宋祁任尚書時，多次召集諸館職員開會，而刁約輒誤期，因之遭到長官的訓斥。王原叔遂戲改杜詩以嘲之：

景純過官舍，
走馬不曾下。
驀地趁朝歸，
便遭官長罵。

李獻臣見詩，說：「我能足之。」因刁約嘗為宣政使王某作墓誌銘，李遂續其後，曰：

多羅四十年，
偶未識摩氈。
近有王宣政，
時時與紙錢。

戲詩寫好後，裱好，使人密掛於刁約辦公室內。刁約日出夕返，沒有發覺。客人至廳，往往誦念而去。一日大雨，刁不能外出，方見之，一笑而已。

原著

詠懷古跡（其三）

【唐】杜甫

群山萬壑赴荊門，
生長明妃尚有村。
一去紫台連朔漠，
獨留青冢向黃昏。
畫圖省識春風面，
環佩空歸夜月魂。
千載琵琶作胡語，
分明怨恨曲中論。

剝皮 1

一九七一年九月十三日，林彪等乘飛機倉皇出逃，摔死在蒙古溫都爾汗。毛澤東戲改唐杜甫《詠懷古跡》其三的頭四句，以諷刺林彪叛黨叛國。毛詩云：

群山萬壑赴荊門，
生長林彪尚有村。

一去紫台連朔漠，
獨留青家向黃昏。

原著

諸將（其五）

【唐】杜 甫

錦江春色逐人來，
巫峽清秋萬壑哀。
正憶往時嚴僕射，
共迎中使望鄉台。
主恩前後三持節，
軍令分明數舉杯。
西蜀地形天下險，
安危須仗出群材。

剝皮 1

近人雷瑨《文苑滑稽談》載：某學堂會計挪用公款甚巨，被校長發覺，校長逼其償還。會計無法，適逢考試期近，遂向校長請假以應試，心想，只要博得優拔到手，此區區款不難清還。不料，會計落選，「嗒然若喪」，友人仿杜甫詩以嘲之：

連宵不見報人來，

鬚髮條條實可哀。
昨日插豐猶有路，
今時避債已無台。
悶將甲子推時運，
懶向親朋把酒杯。
相對西風頻灑淚，
主司眯目棄真才。

原著

飲中八仙歌

【唐】杜　甫

……

李白一斗詩百篇，
長安市上酒家眠。
天子呼來不上船，
自稱臣是酒中仙。

……

剝皮1

清末，廣東賭風大盛。有人改杜甫《飲中八仙歌》詩，諷刺那些賭徒：

痲雀一副報一篇，
五羊市上攤館眠。
天子呼來不上船，
自稱臣是賭中仙。

原著

江南逢李龜年

【唐】杜甫

岐王宅裡尋常見，
崔九堂前幾度聞。
正是江南好風景，
落花時節又逢君。

剝皮 1

今有人仿擬杜甫《江南逢李龜年》詩，諷刺某些利用職權遊山玩水的領導幹部，可謂一針見血。詩云：

風景點裡尋常見，
宴會門前幾度聞。
正是用權好時候，
出國觀光又逢君。

原著

奉和賈至舍人早朝大明宮

【唐】杜　甫

五夜漏聲催曉箭，
九重春色醉仙桃。
旌旗日暖龍蛇動，
宮殿風微燕雀高。
朝罷香煙攜滿袖，
詩成珠玉在揮毫。
欲知世掌絲綸美，
池上於今有鳳毛。

剝皮 1

民國李鐸《破涕錄》載：有幾個文人在一起飲酒論詩，一人說：「杜甫《奉和賈至舍人早朝大明宮》詩的首聯極為蘇軾賞嘆，認為後人無繼起者。」另一人已醉，不服，說：「杜甫此詩不過是首打油詩，我們信口效之。」眾不信，指座中俏酒妓為題，令其作之，作不佳則罰。此生笑視妓，應聲云：

五夜嬌聲嘗一箭，
三更春興夾雙桃。
銀燈光閃龍蛇動，
錦被風鳴蚤虱逃。
睡罷餘香濡滿席，
醒來大汗結成膏。
欲知真味從何美，
池上蒙茸有鳳毛。

妓怒，扯其嘴，生負痛而號，滿座為之哄堂。

原著

九日藍田崔氏莊

【唐】杜　甫

老去悲秋強自寬，
興來今日盡君歡。
羞將短髮還吹帽，
笑倩別人為正冠。
藍水遠從千澗落，
玉山高並兩峰寒。
明年此會知誰健？
醉把茱萸仔細看。

剝皮 1

從前有一老妓女，人老珠黄，仍有意搽脂抹粉，妝扮成良家婦女，並用帽子掩住白髮，一名士改杜甫《九日藍田崔氏莊》詩以嘲之：

老去秋千強不寬，
興來今夜盡君歡。

羞將短髮還挑鬢，
笑學良家也戴冠。
陰水似從千澗落，
金蓮高聳兩峰寒。
明年此際知誰在？
醉抱雞巴仔細看。

原著

春宿左省

【唐】杜　甫

……

不寢聽金鑰，
因風想玉柯。
明朝有封事，
數問夜如何。

剝皮1

有富翁子，吃喝嫖賭，無所不為，不數年便將父業搞光，親友均加白眼，遂入下流，與偷兒為伍。久之，自怨自艾，遂改唐詩自嘲曰：

不寢盜金鑰，
因風想玉柯。
明朝有官事，
敢說夜如何。

自此披髮入山，不知所終。

原著

楓橋夜泊

【唐】張繼

月落烏啼霜滿天，
江楓漁火對愁眠。
姑蘇城外寒山寺，
夜半鐘聲到客船。

剝皮1

抗日戰爭時期，日軍南侵，廣大人民流離失所。蘇州寒山寺也庭院荒蕪，遊人罕至。有人見此慘象，遂改張繼《楓橋夜泊》詩曰：

月落兒啼妻哭天，
江南劫火不成眠。
姑蘇城外寒山寺，
夜半槍聲到客船。

剝皮 2

鴉片戰爭中，清軍在江浙一帶連連敗績，指揮那場戰鬥的將軍奕經、參贊文蔚卻在蘇州城裡尋花問柳。當時就有人仿張繼的《楓橋夜泊》，寫詩諷刺那兩個草包將軍：

月落烏啼炮滿天，
將軍參贊對愁眠。
姑蘇城外王家巷，
夜半姑娘上戰船。

原著

秋夜寄丘二十二員外

【唐】韋應物

懷君屬秋夜，
散步詠涼天。
山空松子落，
幽人應未眠。

剝皮 1

從前，某士人懼內。一天，被妻罰跪終夜，於是改唐詩人韋應物《秋夜寄丘二十二員外》詩云：

罰君跪長夜，
屈膝到明天。
燈光看數落，
良人仍未眠。

163 剝皮詩

原著

滁州西澗

【唐】韋應物

獨憐幽草澗邊生，
上有黃鸝深樹鳴。
春潮帶雨晚來急，
野渡無人舟自橫。

剝皮 1

明代，一私塾先生在東家教學生讀書。東家吝嗇，剋扣塾師生活，每頓都喝稀飯。塾師遂改韋應物詩以自況：

薄粥稀稀碗底沉，
鼻風吹動浪千層。
有時一粒浮湯面，
野渡無人舟自橫。

「鼻風吹動浪千層」，形象誇張，令人發噱。末二句比喻，更覺詼諧有趣。

原著

塞下曲（之三）

【唐】盧 綸

月黑雁飛高，
單于夜遁逃。
欲將輕騎逐，
大雪滿弓刀。

剝皮 1

一九七一年九月十五日，喬冠華與崔奇被周恩來叫去，告知林彪駕機外逃墜死温都爾汗一事。崔奇當即隨手湊了幾句遞給喬冠華，上面寫著：「黄沙有幸傳捷報，白鐵無辜焚佞酉。爾曹身與名俱滅，不廢江河萬古流」。喬冠華看過之後，會心一笑，當即仿唐盧綸《塞下曲》詩寫了一首詩：

月黑雁飛高，
林賊夜遁逃。
不需輕騎逐，

大火自焚燒。

喬冠華後將「林賊」改為「林彪」。

原著

宮詞

【唐】王建

樹頭樹底見殘紅，
一片西飛一片東。
自是桃花貪結子，
錯教人恨五更風。

剝皮1

宋韓子蒼反唐王建《宮詞》詩意，仿王原詩，作詩送葛亞卿：

劉郎底事去匆匆，
花有深情只暫紅。
弱質未應貪結子，
細思應恨五更風。

原著

嘲柳州柳子厚

【唐】呂溫

柳州柳刺史，
種柳柳江邊。
柳管依然在，
千秋柳拂天。

剝皮 1

唐宣宗時，南卓任黔南經略史，即邊防軍官長官。有人仿唐呂溫的一首詩，作詩一首，云：

終南南太守，
南郡在雲南。
閒向南亭醉，
南風變俗談。

原著

次潼關先寄張十二閣老使君

【唐】韓 愈

荊山已去華山來，
日照潼關四扇開。
刺史莫嫌迎候遠，
相公親破蔡州回。

剝皮 1

南宋大臣張浚，字德遠，漢州綿竹人，徽宗時進士。建炎三年（一一二九年）任知樞密院事，力主抗金，建議加強川陝，以屏東南，被任為川陝宣撫處置使。次年，因東南戰事吃緊，以金師反攻永興軍路，牽制金軍，與金兀朮大戰於富平（今屬陝西），受挫。待歸來，有個叫郭奕的，改唐韓愈贈張賈詩以刺之：

荊山行盡華山來，
日照關門兩扇開。
刺史莫嫌迎候遠，

相公親送陝西回。

國難當頭，郭奕幸災樂禍，改詩諷刺，真小人哉！

原著

題都城南莊

【唐】崔護

去年今日此門中，
人面桃花相映紅。
人面不知何處去，
桃花依舊笑春風。

剝皮1

據明末清初史學家談遷《北遊錄》和清王應奎《柳南續筆》載：清世祖順治七年（一六五〇年），朝廷派御史秦世貞按察吳地，揭發撫臣土國寶罪狀，贓銀累計數萬。土國寶懼誅，自縊死。吳民拍手稱快，秦世貞遂有「鐵面御史」之稱。秦調走後，接替他的是一位好為長夜飲的酒徒。此人即御史李成紀。有無名子改唐詩以刺之：

去年今日此門中，
鐵面糟團大不同。
鐵面不知何處去，

糟團日日醉春風。

又曰：

去年今日此門中，
鐵面酕醄相映紅。
鐵面不知何處去，
酕醄終日醉春風。

剝皮 2

有滑稽者，仿唐崔護《題都城南莊》，作《麻面》詩，詩云：

去年今日此門過，
麻面痲花相對搓。
痲面不知何處去，
痲花依舊下油鍋。

剝皮 3

近幾年，不少地方對山林濫砍亂伐，濫建墳塋。針對這種情況，有人仿唐詩作詩一首，云：

去年今日此山中，
人面桃花相映紅。
人面不知何處去，
濫建墳塋煞春風。

原著

憫農（其二）

【唐】李紳

鋤禾日當午，
汗滴禾下土。
誰知盤中飧，
粒粒皆辛苦。

剝皮 1

今人蠹魚《股市打油詩》中，有一首是仿唐李紳《憫農》（鋤禾日當午）的：

鋤禾日當午，
汗滴禾下土。
誰知城裡人，
天天在炒股。

剝皮 2

公款吃喝，屢禁不止，已成痼疾。最為有趣的是，吃喝者竟也叫苦不迭。有人戲仿李紳《憫農》詩，為詩云：

宴請日當午，
汗滴肚皮鼓。
誰知座中人，
個個皆辛苦。

原著

漁翁

【唐】柳宗元

漁翁夜傍西岩宿，
曉汲清湘燃楚竹。
煙銷日出不見人，
欸乃一聲山水綠。
回看天際下中流，
岩上無心雲相逐。

剝皮 1

清李寶嘉《南亭四話》載：有俞姓者，晚年納妾，一日忽逃去。俞平日愛抽煙，煙袋十分精緻。有人改唐詩以贈之：

俞公夜抱如君宿，
象牙嘴子湘妃竹。
煙銷日出不見人，

噯唷一聲帽子綠。

剝皮 2

某紳士具有煙霞癖。姬妾多人，爭妍鬥寵。然廣田多荒，不免風流案生。一夕，某姬同某人逃走，好事者改唐詩嘲之曰：

主公夜傍姬房宿，
飽吸清香吹短竹。
煙銷日出不見人，
阿呀一聲帽子綠。

原著

尋隱者不遇

【唐】賈　島

松下問童子，
言師採藥去。
只在此山中，
雲深不知處。

剝皮 1

清黃鈞宰《金壺七墨全集》載：清許會卿訪友不遇，這位朋友是塾師。許走時，在塾師案上題了一首詩，詩云：

書塾問童子，
言師吃茶去。
只在此城中，
雲遊不知處。

原著

宮詞

【唐】張祜

故國三千里，
深宮二十年。
一聲何滿子，
雙淚落君前。

剝皮 1

從前有人十分怕老婆，改唐張祜《宮詞》，以表達懼妻之情。詩云：

三百六十日，
深居又滿年。
一聲獅子吼，
含淚到床前。

原著

閨意獻張水部

【唐】朱慶餘

洞房昨夜停紅燭，
待曉堂前拜舅姑。
妝罷低聲問夫婿：
「畫眉深淺入時無？」

剝皮 1

懼內，怕老婆也。古今往來，懼內者夥矣。相傳，某人懼內，苦不堪言，嘗仿一唐詩以自嘲，詩云：

洞房昨夜翻紅燭，
待曉堂前罵舅姑。
妝罷高聲叱夫婿：
「鬚眉豪氣幾時無?!」

剝皮2

有人仿唐朱慶餘《閨意獻張水部》為詩一首，對某些不講道義的新婚女子行為進行了辛辣的諷刺。

洞房昨夜燃紅燭，
待曉堂前罵舅姑。
妝罷低聲問夫婿：
「老不死的幾時無？」

剝皮3

趙寧仿唐朱慶餘《近試上張水部》寫美容整形：

洞房昨夜停紅燭，
待曉堂前拜舅姑。
妝罷低聲問夫婿：
「鼻子整形入時無？」

原著

清明

【唐】杜牧

清明時節雨紛紛，
路上行人欲斷魂。
借問酒家何處有，
牧童遙指杏花村。

剝皮1

清郭則澐《十朝詩乘》載：清汪志伊，安徽桐城人，乾隆三十六年辛卯舉人，由知縣官至閩浙總督。他在任總督期間，在處理藩司李賡芸問題上，犯了官僚主義錯誤：李初守漳州，在漳督造戰船，不如式，大吏令之賠修。李的家人遂向李的怨家朱履中借錢，被人告為索賄。汪對此十分重視，「必欲窮其獄」。李受冤無奈，自縊死。漳州市民數千人遠道奔哭之。有諸生改《清明》詩曰：

清明時節雨霏霏，
路上行人哭布司。

借問怨家何處是，
兒童遙指汪志伊。

剝皮 2

當明、清兩朝交替之際，戰亂頻仍，百姓皆避居山野，塾師也都失去了工作。有人改唐杜牧《清明》詩云：

清明時節亂紛紛，
城裡先生欲斷魂。
借問主人何處去，
館童遙指在鄉村。

剝皮 3

清李寶嘉《南亭四話》載：清滿人紹昌曾仿杜牧《清明》作《中秋即景》詩，云：

中秋冷冷又清清，

明遠樓台夜氣橫。
借問家鄉在何處，
高升遙指北京城。

「高升」乃紹昌隨身之僕。點金成鐵之作。

剝皮 4

一九七六年清明節，在北京天安門廣場人民英雄紀念碑前，有人仿擬《清明》詩寫了這樣一首詩：

清明時節淚紛紛，
八億人民慟斷魂。
借問怨從何處起，
紅牆裡面出妖精。

剝皮 5

有人對《清明》詩稍加改動，使之反其意：

清明時節無雨，
路上行人回家。
豈問酒家何處，
遙指出牆杏花。

剝皮 6

一九七八年趙樸初先生陪日本淨土教徒拜謁山西交城玄中寺。到杏花村酒廠參觀後，趙先生為酒廠題詩：

和風華雨正紛紛，
舉盞欲招千古魂。
般若湯兮長壽水，
不妨暢飲杏花村。

趙題詩後，自作解釋：「和」指「昭和」；「華」指「中華」。首句之意，是指在中日兩國人民情誼日益發展的大好日子裡，我們來到了杏花村。舉起美酒，便想到了曾在這裡喜飲美酒的李白、杜牧等歌頌過汾酒的古人。第三句，日本人稱酒為「不老長壽水」，而佛家則呼酒為「般若湯」。中日兩國佛教徒在杏花村飲酒，體現了中日兩國人民的友誼。

剝皮 7

八十年代末以來，出版社無法推銷學術書籍，不給作者稿酬，只給作者幾百本書，叫他自己推銷自己的著作。人們說，這是司馬遷擺攤賣《史記》。

某晚報登出一篇秀才擺攤賣書的故事，並附錄一首仿擬詩：

作者掩面淚紛紛，
書成之後欲斷魂。
借問專著何處有，
秀才近指自家門。

剝皮 8

報載：在第五屆全國優秀科技圖書獎頒獎大會上，中國著名科學家盧嘉錫對科技專著出版難的狀況發了一通感慨，並念了他自己仿《清明》寫的一首詩：

絞盡腦汁淚紛紛，
出版無門欲斷魂。
借問尊書何處賣，
秀才遙指自家門。

剝皮 9

近幾年，一些人在城市中養蛇、收蛇、賣蛇、吃蛇、耍蛇。有人寫了一首諷刺詩以諷之：

大街小巷蛇紛紛，
路上行人嚇斷魂。
借問蛇從何處來，
不法之徒利熏心。

剝皮 10

每年春節即將到來之際，一些地方官員紛紛下鄉擾民：吃佳餚、飲美酒、收年貨，老百姓十分反感。有人仿《清明》詩作詩一首：

官車隊隊出紛紛，
雞鴨豬羊嚇斷魂。
紅面「關公」知何在，
百姓遙指杏花村。

剝皮 11

某城小商小販遍地，隨意占路擺攤，弄得人們行路困難。有市民仿杜牧《清明》吟道：

上班時候亂紛紛，
路人行人愁斷魂。
借問大路何處有，
攤販遙指杏花村。

剝皮 12

近年來，吃喝風盛行，高檔酒店林立，有人仿唐杜牧《清明》詩諷刺道：

清明時節雨紛紛，
路上行人欲斷魂。
借問吃客何處有，
牧童遙指海鮮村。

剝皮 13

某考生在湖南常德落考回家，心情憂慮，遂仿唐杜牧《清明》詩以自嘲：

考試時節雨紛紛，
榜上無名欲斷魂。
借問輪船何處有，
警察遥指下南門。

「下南門」，指常德市搭乘輪船的地方。

原著

隋宮

【唐】李商隱

紫泉宮殿鎖煙霞，
欲取蕪城作帝家。
玉璽不緣歸日角，
錦帆應是到天涯。
於今腐草無螢火，
終古垂楊有暮鴉。
地下若逢陳後主，
豈宜重問後庭花？

剝皮 1

清張之洞督鄂時，一日坐轎巡視紡紗廠。路過文昌門大街宏興茶樓時，見茶樓內有一少女最美，歸語近侍張彪。張彪會其意，商之女父，說：「將你女兒入衙門奉三姨太，今後保你升官發財。」女父即將女兒素雲連夜送入督署，張之洞即納為妾。後因月經期間同房，女得病而亡。在這以前，女父天天接待登門致賀者，現在則垂頭喪氣。章太炎套改唐李商隱《隋宮》詩，以譏張之洞。章詩云：

漢陽鐵廠鎖煙霞，
欲取鸚洲作督衙。
玉璽不緣歸載灃，
布色應是到天涯。
而今梁上無君子，
終古文章喚賣茶。
地下若逢曾太傅，
豈宜重問紡綿紗。

原著

無題

【唐】李商隱

昨夜星辰昨夜風，
畫樓西畔桂堂東。
身無彩鳳雙飛翼，
心有靈犀一點通。
隔座送鉤春酒暖，
分曹射覆蠟燈紅。
嗟余聽鼓應官去，
走馬蘭台類轉蓬。

剝皮 1

清鄒弢《三借廬筆談》載：徐州秀才李鞠初妻呂氏，美慧能詩，夫婦關係極洽。同室十載，呂不生育，李思子頗切。呂屢欲其夫置妾以生子，而難於啟齒。後李就試南京，友代置席氏女為妾，李攜而歸。李怕呂氏不容席氏，遂藏嬌別所，時常藉故往宿。不久，妾有孕，李思告呂迎妾，以免臨產發生意外。一日，李呂同寢前，李婉轉告呂，至於屈膝。呂裝作生氣的樣子，改唐李商隱《無題》詩示之，曰：

今夜床頭露口風，
別營金屋怕河東。
綢繆久作雙飛翼，
消息曾無一點通。
喜得歡隨潮信杳，
說來羞與酒顏紅。
婉求屈膝儂心軟，
豈肯臨危不轉蓬?!

第二天，果以鼓樂迎席氏歸。月餘，喜得一子，閨中甚歡愛，人以為風流，真韻事也。

原著

嫦娥

【唐】李商隱

雲母屏風燭影深，
長河漸落曉星沉。
嫦娥應悔偷靈藥，
碧海青天夜夜心。

剝皮 1

今人趙寧仿李商隱《嫦娥》寫太空人登陸月球：

雲母屏風燭影深，
長河漸落曉星沉。
嫦娥不悔偷靈藥，
雙子星會太空人。

原著

貧女

【唐】李山甫

平生不識繡衣裳，
閑把荊釵亦自傷。
鏡裡只應諳素貌，
人間多自信紅妝。
當年未嫁還憂老，
終日求媒即道狂。
兩意定知無說處，
暗垂珠淚濕蠶筐。

剝皮 1

仿擬詩態度嚴肅認真、後來居上者當推唐秦韜玉仿唐李山甫《貧女》詩。秦詩也以《貧女》為題，曰：

蓬門未識綺羅香，
擬託良媒亦自傷，

誰愛風流高格調，
共憐時世儉梳妝。
敢將十指誇纖巧，
不把雙眉鬥畫長。
苦恨年年壓金線，
為他人作嫁衣裳。

秦詩無論遣詞、立意，都遠高於李作。歷代詩選本幾乎都將秦的仿擬之作選入，而李的原詩反倒鮮為人知了。這種仿擬當然非遊戲之作可比。

原著

菊花

【唐】黃巢

待到秋來九月八，
我花開後百花殺。
沖天香陣透長安，
滿城盡帶黃金甲。

剝皮 1

明太祖朱元璋在一個天清氣朗的夜晚，同李善長、劉基、宋濂等人進晚膳。酒過數巡，朱元璋下階淨手，看見階前菊花在晚風中輕輕搖曳，說：「我也做一首黃菊詩。」立即吟與眾人聽：

百花發時我不發，
我若發時都嚇殺。
要與西風戰一場，
滿身披上黃金甲。

原著

邊塞

【唐】佚名

昨夜陰山吼賊風，
帳中驚起紫髯翁。
平明不待全師出，
連把金鞭打鐵驄。

剝皮1

唐將領張師雄率軍駐守在北方邊境。此人好甜言蜜語，有「蜜翁翁」之目。一天晚上，傳來消息說胡騎來了，張還沒有問清是怎麼回事，便穿著兩層大皮襖，趴進土窯裡。有人就把流傳在北方邊疆一帶的《邊塞》詩改了幾個字，以諷刺這位怕死將軍。

昨夜陰山吼賊風，
帳中驚起蜜翁翁。
平明不待全軍出，
連著皮裘入土空。

「土空」，唐時北方方言，猶土窑。

原著

失題

【唐】寒山

昔年曾到大海游，
為採摩尼誓懇求。
直到龍宮深密處，
金關鎖斷主神愁。
龍王守護安耳裡，
劍客星揮無處搜。
賈客卻歸門內去，
明珠卻在我心頭。

剝皮 1

胡樸安本名韞玉，字仲明，涇縣人，為南社詩文之中堅分子。他晚年左臂患風濕痛，終至偏廢，遂自號半臂翁。一九四七年夏逝世，年七十九。他的遺作甚多，死前有擬寒山子詩四首，其一云：

半身偏廢我神遊，

跋涉無庸車馬求。
風雪交加都不隔，
山川間阻可無愁。
或從夢裡時時見，
好向書中細細搜。
萬里風雨來眼底，
青箱作枕枕吾頭。

原著

詠華山

【宋】寇　準

只有天在上，
更無山與齊。
舉頭紅日近，
回首白雲低。

剝皮1

近人雷瑨《文苑滑稽談》載：某公最懼內。原夫妻雙方約定：夫非顯貴，不得納妾。後夫登高位，風情未滅，欲踐前約，夫人斥之曰：「頭童齒豁，尚欲納妾?!」夫悚然而止。有人改寇準詩以贈某公：

只有妻在上，
更無人與齊。
相看黃面近，
回顧白頭低。

原著

數字詩

【宋】邵　雍

一去二三里，
煙村四五家。
亭台六七座，
八九十枝花。

剝皮 1

清末抽鴉片煙盛行，官署上下幾乎無人不抽，官員辦公之地，幾成煙窟。有人仿宋詩一首曰：

一進二三堂，
床鋪四五張。
煙燈六七盞，
八九十支槍。

剝皮2

一九四九年前，有人活剝宋邵雍的一首《數字詩》諷刺公路客車：

一去二三里，
拋錨四五回，
熄火六七次，
八九十人推。

剝皮3

前幾年北京、上海等大城市交通擁擠，道路不暢，有人仿宋邵雍《數字詩》為詩云：

一去二三里，
紅燈四五回，
停車六七次，
八九十人催。

剝皮 4

股市多風波。蕭秋在《改革時報》上發表仿宋人《數字詩》，云：

一跌二三元，
逃脱四五家。
斬臂六七個，
八九十户啞。

剝皮 5

如今所謂「一日遊」，往往私下裡與一些非景點勾搭著坑害遊人，到處收取門票費用，而充斥於景點上的購物場地，也十之八九坑人騙人，於是有人作《一日遊》以刺之：

一日二三遊，
收資四五回。
購物六七次，
八九十人悔。

原著

元日

【宋】王安石

爆竹聲中一歲除，
春風送暖入屠蘇。
千門萬戶曈曈日，
總把新桃換舊符。

剝皮 1

近人雷瑨《文苑滑稽談》載：民初，蘇州農民有欠租者，常被地方官吏逮去，或枷或責，其苦不可言狀。有人套改宋王安石《元日》詩云：

板子聲中一歲秋，
田農必欲苦追求。
千門萬户啼啼哭，
總把新枷換舊頭。

原著

泊船瓜洲

【宋】王安石

京口瓜洲一水間，
鍾山只隔數重山。
春風又綠江南岸，
明月何時照我還？

剝皮 1

有人仿宋王安石《泊船瓜洲》作詩《牛馱我還》，詠股市：

買進賣出一念間，
盈虧只隔數重山。
春風又綠界河岸，
牛哥何時馱我還？

原著

春日偶成

【宋】程　顥

雲淡風輕近午天，
傍花隨柳過前川。
時人不識余心樂，
將謂偷閑學少年。

剝皮 1

明無名氏《諧藪》載：明嘉靖時，擔任楚中（今湖北、湖南一帶）督學的官員叫吳小江。吳在選拔人時，偏愛少年學子。為此，學子們年過二十已加冠者，紛紛壓低年齡，改為垂髮入場應試，故有人仿宋程顥《春日偶成》寫詩嘲之曰：

昔日峨冠已偉然，
今朝丱角且從權。
時人不識余心苦，
將謂偷閑學少年。

剝皮 2

清黃鈞宰《金壺七墨全集》載：從前有一人懼內。其妻發怒時，常提其耳，並令其下跪。有人戲改一宋詩以嘲之。詩云：

雲淡風輕近晚天，
傍花隨柳跪床前。
時人不識余心苦，
將謂偷閑學拜年。

剝皮 3

廖沫沙在《餘燼集》自序中，談到他在「文革」中挨鬥時，藉吟誦和修改古詩來驅愁解悶，消除肉體的不適。其中一首是仿《千家詩》的第一首而寫成，詩云：

雲淡風輕近午天，
彎腰曲背舞台前。
時人不識余心樂，
將謂偷閑學拜年。

這樣，一首自詠閑居、自樂於山水之間的古詩，卻因改動了兩句，變成一首自我解嘲、諷刺那場「文化大革命」的一幕幕惡作劇的諷刺詩了，詼諧戲謔之中隱含著作者嚴肅的傷痛之情。

原著

洗兒戲作

【宋】蘇　軾

人皆養子望聰明，
我被聰明誤一生。
惟願孩兒愚且魯，
無災無難到公卿。

剝皮 1

明代楊廉反東坡《洗兒戲作》詩意，賦一絶云：

東坡但願生兒蠢，
只為聰明自占多。
愧我生平愚且魯，
生兒哪怕過東坡。

剝皮 2

明末清初錢謙益也有一首《反東坡洗兒詩》，詩云：

東坡養子怕聰明，
我為痴呆誤一生。
還願孩兒猾且巧，
鑽開蕎地到公卿。

原著

題西林壁

【宋】蘇軾

橫看成嶺側成峰，
遠近高低各不同。
不識廬山真面目，
只緣身在此山中。

剝皮 1

有人在《改革時報》上發表《題股市》詩，乃仿宋蘇軾《題西林壁》者。詩云：

昨日下谷今登峰，
股價高低常不同。
不識股市真面目，
只緣身在股市中。

原著

送蜀人張師厚赴殿試

【宋】蘇軾

雲龍山下試春衣，
放鶴亭前送落暉。
一色杏花三十里，
新郎君去馬如飛。

剝皮 1

從前有一童生應試，望卷久久不能下筆，最後只得仿蘇東坡一詩勉強交卷。其詩云：

雲龍山下試春衣，
放鶴亭前送落暉。
白頭卷子交與你，
狀元歸去馬如飛。

原著

海棠

【宋】蘇軾

東風裊裊泛崇光，
香霧空蒙月轉廊。
只恐夜深花睡去，
故燒高燭照紅妝。

剝皮 1

宋時，成都富春坊乃群娼聚集之地。一天晚上，忽遭火災，有人改宋蘇東坡《海棠》詩云：

夜來燒了富春坊，
可是天工忒肆狂。
只恐夜深花睡去，
故燒高燭照紅妝。

剝皮 2

宋時，鄭剛中鎮蜀，眷妓閻玉。一日，忽然民間失火，延燒鄭、閻所居富春坊。鄭於火中獲一旗，上有改蘇東坡《海棠》詩云：

火星飛上富春坊，
天恣風流此夜狂。
只恐夜深花睡去，
高燒銀燭照紅妝。

原著

息軒

【宋】蘇軾

無事此靜坐，
一日是兩日。
若活七十年，
便是百四十。
黃金不可成，
白髮日夜出。
開眼三十秋，
速於駒過隙。
是故東坡老，
貴汝一念息。
時來登此軒，
望見過海席。
家山歸未得，
題詩寄屋壁。

剝皮 1

明馮夢龍《古今談概》載：任達曾套改過蘇軾詩，曰：

無事此遊戲，
一日似三日。
若活七十歲，
便是二百一。

馮夢龍自己也套改過蘇軾詩，曰：

多事此勞擾，
一日如一刻。
便活九十九，
湊不上一日。

剝皮 2

清袁枚《隨園詩話》載：京口解李瀛善畫，有人聘往寫真，而主人久卧不出，解戲改蘇詩以贈之：

無事此靜臥，
臥起日將午。
若活七十年，
只算三十五。

原著

送張紫巖

【宋】岳　飛

號令風霆迅，
天聲動北陬。
長驅渡河洛，
直搗向燕幽。
馬蹄月氏血，
旗梟可汗頭。
歸來報明主，
恢復舊神州。

剝皮1

明馮夢龍《古今笑史》載：明嘉靖年間，詩人好為六朝詩風，好用不經人道之語，易字換句，遂至妄誕不經。一日，虞子匡遞一首詩給郎仁寶，請郎修改。郎讀了幾遍，也不了解詩意，問虞，虞說：「吾效時人換字之法，戲改岳武穆送張紫巖北伐詩也。」其詩曰：

誓律飆雷迅，
神威震坎隅。
遐征逾趙地，
力鬥越秦墟。
驥蹀匈奴頸，
戈殲韃靼軀。
旋師謝彤闕，
直擣向燕幽。

虞子匡用換字之法寫的詩，我們可以兩相對照，識其機關。「飆」對「風」，飆即暴風；「坎」對「北」，坎是八卦之一，「正北方之卦也」，故而坎與北同義；「匈奴」與「月氏」，借指外族強勢力；「彤闕」即朝廷，與「明主」相關。其他字詞，均可按此理類推。

虞子匡以改字仿他人詩作，這是剝皮詩中的一種新花樣，難怪郎仁寶看了詩，聽了虞的解釋，「遂撫掌大笑」。

原著

池州翠微亭

【宋】岳 飛

經年塵土滿征衣，
特特尋芳上翠微。
好山好水看不足，
馬蹄催趁月明歸。

剝皮 1

近人雷瑨《文苑滑稽談》載：某人善謔，常命小僮購鴉片煙，童久未歸，因仿宋岳飛詩成詩云：

經年煙漬滿寒衣，
辨舊分新細入微。
好斗好槍吹未足，
趕挑黑米未曾歸。

原著

示兒

【宋】陸　游

死去原知萬事空，
但悲不見九州同。
王師北定中原日，
家祭無忘告乃翁。

剝皮 1

近人鄧之誠《清詩紀事初編》載：清李明嶅少有才名，十三歲以文得錢謙益知賞。十七歲從吳偉業遊。終因家貧，還里教書至沒。李曾仿宋陸游詩作《一病不起，口占示兒曹》：

事到頭來一樣空，
烏鳶螻蟻總相同。
惟余四十年前恨，
腸斷江南陸放翁。

剝皮2

柳亞子先生是一位典型的詩人。他有熱烈的感情，豪華的才氣，卓越的器識。他的精神是隨著時代的進步而進步的。他追隨過孫中山，而又景仰毛澤東。他在詩中時時提到馬恩列斯。一九四五年九月二十一日，他在《戲改放翁臨終示兒詩》中寫道：

便死原非萬事空，
此身已見九州同。
中山卡爾雙源合，
論定千秋屬乃翁。

他的詩後自注說：「余舊有『親炙中山私淑列寧』小印，此物此誌也。」

剝皮3

一九五八年十二月二十一日，毛澤東在文物出版社大字本《毛主席詩詞九首》上為自己的部分詩詞作了批注。毛澤東在題記中說：「魯迅一九二七年在廣州，修改他的《古小說鉤沉》，後記中說道：『於時雲海沉沉，星月澄碧，餮蚊遑啖，予在廣州。』從那時到今天，三十一年，大陸上的蚊蟲滅了差不多了。當然革命尚未全成，同志仍須努力。港台一帶，餮蚊尚多；西方世界，餮蚊成陣。安得全世界各民族千百萬愚公用他們自己的移山辦法（一作「辯證法」），把蚊陣一掃而空，豈不偉哉！」

毛澤東題記中所說《古小說鉤沉》應為《〈唐宋傳奇集〉序例》；「餮」字係「饕」字的筆誤；「逞啖」係「遥嘆」的筆誤。魯迅《〈唐宋傳奇集〉序例》中原文應是：「時大夜彌天，璧月澄照，饕蚊遥嘆，余在廣州。」毛澤東接著仿擬宋陸游《示兒》詩寫成一首詩，題為《告馬翁》：

人類而今上太空，
但悲不見五洲同。
愚公盡掃饕蚊日，
公祭毋忘告馬翁。

剝皮 4

某報載：周恩來少年時仿陸游《示兒》詩寫過一首絕句，云：

戰火洗劫萬家空，
吾儕爭見九州同。

華師盡掃列強日，
捷書飛傳告鰲翁。

「鰲翁」，指何鰲峰，周恩來當時結識的一位愛國人士。

原著

劍門道中遇微雨

【宋】陸游

衣上征塵雜酒痕，
遠遊無處不銷魂。
此身合是詩人未？
細雨騎驢入劍門。

剝皮 1

何叔衡（一八七五～一九三五年），湖南寧鄉人。一九一八年參加新民學會，並被選為新民學會執行委員長。一九二〇年同毛澤東等發起組織俄羅斯研究會。不久參加了毛澤東領導建立的湖南共產主義小組。一九二一年七月出席了中國共產黨第一次全國代表大會。大革命失敗後去蘇聯學習。一九三四年，中央紅軍長征以後，留在根據地堅持鬥爭。一九三五年二月在福建長汀水口附近被敵人包圍，壯烈犧牲。

何叔衡在一九二七年赴蘇聯學習途中，曾改宋陸游《劍門道中遇微雨》詩，以表達自己為人民革命而不畏艱辛、不計個人得失的情懷。詩云：

身上征衣雜酒痕，

遠遊無處不銷魂。
此身合是忘家客，
風雨登輪出國門。

原著

觀書有感

【宋】朱熹

半畝方塘一鑑開，
天光雲影共徘徊。
問渠哪得清如許？
為有源頭活水來。

剝皮 1

今人曾復偉仿宋朱熹《觀書有感》，作《觀舞》詩：

半畝方塘一線開，
煙光雲影共徘徊。
問渠哪得昏如許？
為有源頭油水來。

剝皮 2

鄉鎮小街和馬路邊小吃攤比比皆是，一桶水可洗碗筷一天，衛生狀況極壞。有人仿朱熹《觀書有感》作詩云：

半張方桌一店開，
老闆行人共徘徊。
問碗哪得髒如許？
未有源頭活水來。

原著

小池

【宋】楊萬里

泉眼無聲惜細流，
樹陰照水愛晴柔。
小荷才露尖尖角，
早有蜻蜓立上頭。

剝皮 1

某些「公僕」毛筆字本來寫得不好，卻愛為人題字，甚至厚顏為店鋪題寫招牌。究其因，蓋為孔方兄也。有人仿楊萬里《小池》詩作詩一首：

錢眼無聲豈細流？
名上照水獻溫柔。
小樓才露尖尖角，
早有題字立上頭。

原著

清明

【宋】高翥

南北山頭多墓田，
清明祭掃各紛然。
紙灰飛作白蝴蝶，
淚血染成紅杜鵑。
日落狐狸眠冢上，
夜歸兒女笑燈前。
人生有酒須當醉，
一滴何曾到九泉。

剝皮 1

明代，有二貢生，為爭名利，互相毆打。有人改宋詩嘲之云：

南北齋生多發顛，
春來爭榜各紛然。

網巾扯作黑蝴蝶，
頭髮染成紅杜鵑。
日落主僮眠閣上，
夜歸友朋笑燈前。
人生有打須當打，
一棒何曾到九泉。

剝皮 2

清褚人穫《堅瓠四集》載：清康熙初，長洲縣令彭某，賦性貪酷。時各級官員催糧甚急，動輒以「抗糧」為名而殘害百姓。彭某設立「紙枷」、「紙半臂」，「使欠糧者衣而荷之，有損則加責罰」，百姓苦不堪言。滑稽者改《清明》一詩貼於縣牆，詩云：

長邑低區多瘠田，
經催糧長役紛然。
紙枷扯作白蝴蝶，
布褌染成紅杜鵑。
日落生員敲凳上，
夜歸皂隸鬧門前。
人生有產須當賣，
一粒何嘗到口邊。

剝皮 3

黃侃教授擅長古詩文，一九四九年前曾在南京任教。一年清明節，他到郊外遊覽，見兩姓後代為爭墓地大打出手，後竟有人被當場打死。黃教授頗有感慨，遂改南宋詩人高翥《清明》詩以嘲諷這些逞勇好鬥的不肖子孫。詩曰：

南北山頭多墓田，
清明打架各紛然。
氈帽撕作黑蝴蝶，
鼻血化成紅杜鵑。
日落死屍橫冢上，
夜歸兒女哭燈前。
人生有架須當打，
不打何能到九泉。

原著

題臨安邸

【宋】林升

山外青山樓外樓，
西湖歌舞幾時休？
暖風熏得遊人醉，
直把杭州作汴州！

剝皮 1

清陳琰《藝苑叢話》載：清代某年，杭州受災，大饑，路上躺滿了餓死的人。當時，劉夢謙任杭州太守，汴梁人。他不但不設法賑災，還天天以民間的名義給家鄉來索取財物的人送東西。有人改南宋林升《題臨安邸》詩以誚之：

山外青山樓外樓，
西湖歌舞一時休。
暖風吹得死人臭，
遂把杭州作汴州！

剝皮 2

抗日戰爭時期，達官貴人依舊在重慶吃喝玩樂，有人仿南宋詩人林升《題臨安邸》詩以諷時弊：

山外青山樓外樓，
嘉陵歌舞幾時休？
暖風熏得遊人醉，
直把渝州作石頭！

剝皮 3

清獨逸窩退士《笑笑錄》載：元時，有無名子改舊詩題西湖云：

山外青山樓外樓，
西湖歌舞一時休。
馬桶熏得遊人臭，
直把杭州作滿洲。

剝皮4

公款玩樂，是當今社會痼疾之一。即使在貧困地區，夜總會之類的娛樂場所的設施也是上檔次的。於是，有人仿宋林升《題臨安邸》作詩云：

山外青山樓外樓，
公款歌舞幾時休？
香風熏得「公僕」醉，
九州何處不杭州！

原著

寄章得象

【宋】張士遜

赭案當衙並命時，
蒹葭衰朽倚瓊枝。
如今我得休官去，
鴻入青冥鳳在池。

剝皮 1

宋仁宗景祐五年（一〇三八年），張士遜已七十五歲，與章得象並命宰相。張上任後，以處置邊事不當，請求退休。時以小詩別章得象。當時有輕薄少年，對張士遜別離詩稍加修改，以諷之。詩云：

赭案當衙並命時，
與君兩個沒操持。
如今我得休官去，
一任夫君鶻露蹄。

原著

紀事

【宋】謝處厚

誰把西湖曲子謳，
荷花十里桂三秋。
哪知卉木無情物，
牽動長江萬里愁。

剝皮 1

宋羅大經《鶴林玉露》載：柳永《望海潮》詞極寫杭州之勝，有「三秋桂子，十里荷花」之句。此詞流播，金主完顏亮聞之，欣然起投鞭渡江之志。有人認為，金兵南侵，乃由柳詞所致。羅大經不同意這種看法，認為「荷艷桂香，妝點湖山之清麗。使士大夫流連於歌舞嬉遊之樂，遂忘中原，是則深可恨耳」。於是仿謝處厚《紀事》詩作詩一首：

殺胡快劍是清謳，
牛渚依然一片秋。

卻恨荷花留玉輦，
竟忘煙柳汴宮愁。

原著

梅

【宋】王　淇

不受塵埃半點侵，
竹籬茅舍自甘心。
只因誤識林和靖，
惹得詩人說到今。

剝皮1

傳說：南宋辛棄疾十來歲的時候，手不釋卷，認真讀書。一天，他正在讀北宋詩人王淇的《梅》詩，被一位正在練功的老者看到了。辛棄疾要向老者學習武藝，老者連連稱好。辛棄疾問老者：「先學什麼？」老者避而不答，只是說：「老夫仿王淇詩一首，聽後你就知道了。」說罷口占四句：

不受脂粉半點侵，
穿麻吞石自甘心。
只因誤入少林寺，

惹得拳頭捶到今。

原來，老者要辛棄疾先練的是：「打沙袋」。這仿作竟是一條謎語。

原著

神童詩㈠

【宋】汪洙

天子重英豪，
文章教爾曹。
萬般皆下品，
惟有讀書高。

剝皮 1

聞說球星馬拉多納身值千萬，犯法不與庶民同罪，復出又被球迷崇拜，使不少人感到詫異。詩人流沙河先生乃改《神童詩》曰：

足壇重英豪，
賽場教爾曹。
讀書皆下品，
惟有踢球高。

剝皮 2

嫌貧愛富乃不良民風，可惜近幾年此風日熾，有人改《神童詩》以嘲之：

世風重富豪，
嘗自稱兒曹。
萬般皆下品，
惟有經商高。

剝皮 3

民國李鐸《破涕錄》載：金陵妓小喬，兩顴高聳，貌頗不揚，後為某觀察以千金娶得，甚寵之。一日宴客，觀察召小喬出見，欲藉以誇張於眾。觀察一友飲酒既酣，詩興大發，套《神童詩》隨口成一絕云：

觀察重時髦，
千金娶小喬。
萬般皆下品，
惟有兩顴高。

原著

神童詩㈡

少小須勤學，
文章可立身。
滿朝朱紫貴，
盡是讀書人。

【宋】汪洙

剝皮 1

明成化年間，御史馮徽因事被貶戍邊。他灰心至極，遂改《神童詩㈡》云：

少小休勤學，
文章誤了身。
遼東三萬衛，
盡是讀書人。

剝皮 2

「文革」期間，出了個白卷英雄張鐵生，有人仿《神童詩》中一首云：

少小休勤學，
乘時可立身。
滿朝朱紫貴，
盡是白卷人。

原著

雪梅

【宋】盧梅坡

梅雪爭春未肯降，
騷人擱筆費評章。
梅須遜雪三分白，
雪卻輸梅一段香。

剝皮 1

一老頭兒好吟詩，鄰居婆媳二人為爭洗澡水而吵鬧不休，老頭兒仿宋詩作詩一首，曰：

婆媳爭水未肯降，
騷人擱筆費思量。
婆須遜媳三分白，
媳卻輸婆一段長。

此詩傳出，廣為流傳，婆媳二人隔牆大罵老翁。一日出門，又被此婆媳二人撞見，按地痛打一頓。老翁又吟詩一首以自嘲：

昨日牆頭罵，
今朝又打傷。
詩人何太苦，
遭此兩婆娘。

剝皮 2

昔有梅生者，眷戀一薛姬，友人戲改宋詩以嘲之，詩云：

梅薛爭春未肯降，
幫閒弄筆費評章。
梅須遜薛三分闊，
薛更輸梅一段長。

原著

口占

【元】釋祖柏

一封丹詔未為真，
三杯淡酒便成親。
夜來明月樓頭望，
惟有嫦娥不嫁人。

剝皮 1

元至元十四年（一二七七年），民間謠言傳：朝廷將採童男童女，以授韃靼為奴婢。中原及至江南城鄉，不論官宦之家，還是老百姓，只要有兒女且年齡在十二三歲以上者，便互為婚配，六禮既無，片言即合。吳僧祖柏曾寫《口占》一詩以戲之。

明穆宗隆慶二年（一五六八年），朝中閹人張朝私下江南，假傳聖旨，說朝廷要選宮女。江浙一帶百姓風聞此言，不問貧賤富貴，一語即便成婚，與元至元年間一樣。有人改釋祖柏《口占》詩以戲之，詩云：

抵關內使未為真，
何必三杯便做親。

夜來明月樓頭望，
嚇得嫦娥要嫁人。

同時又訛傳：並選寡婦伴送擬選宮女入京，於是，凡孀居者，無論老少，紛紛嫁人。又有人為詩曰：

大男小女不須愁，
富貴貧窮錯到頭。
堪笑一班貞節婦，
也隨飛詔去風流。

原著

四時讀書樂（春）

【元】翁　森

山光照檻水繞廊，
舞雩歸詠春風香。
好鳥枝頭亦朋友，
落花水面皆文章。
蹉跎莫遣韶光老，
人生惟有讀書好。
讀書之樂樂何如，
綠滿窗前草不除。

剝皮1

清李寶嘉《南亭四話》載：某人曾套《四時讀書樂》以調侃吸鴉片者：

醉夢醒來日滿廊，
忽聞隔壁燒煙香。

鵠面鳩形皆朋友，
風雲吐納成文章。
蹉跎不覺韶光老，
人生惟有吸煙好。
吸煙之樂樂何如，
爐火功深癮不除。

原著

言志

【明】唐寅

不煉金丹不坐禪，
不為商賈不耕田。
閑來寫就青山賣，
不使人間造孽錢。

剝皮 1

某些商販，全無職業道德，用低價買進假冒偽劣產品，高價賣給消費者，牟取暴利。有人仿唐伯虎《言志》詩，為詩云：

不煉金丹不坐禪，
樂為商賈不耕田。
一錢買進百錢賣，
盡賺人間造孽錢。

原著

無題

【明】羅貫中

司徒妙計託紅裙，
不用干戈不用兵。
三戰虎牢徒費力，
凱歌卻奏鳳儀亭。

剝皮 1

《三國演義》第九回中，有一首詩是詠嘆王司徒巧施美人計誅鋤董卓的。某學者將此詩改動數字，用以嘲諷吹牛拍馬及依靠裙帶關係升遷的官場腐敗現象：

升官妙訣馬牛風，
不用刀槍不用兵。
久戰沙場徒費力，
雙收名利託紅裙。

原著

懷明卿

【明】李攀龍

豫章西望彩雲間，
九派長江九疊山。
高臥不須窺石鏡，
秋風憔悴侍臣顏。

剝皮 1

一九七一年，毛澤東戲改明李攀龍《懷明卿》詩，以諷刺林彪陰謀篡黨奪權的叛徒行徑，詩云：

豫章西望彩雲間，
九派長江九疊山。
高臥不須窺石鏡，
秋風怒在叛徒顏。

原著

不倒翁

【明】徐渭

烏紗玉帶儼然官，
此翁原來泥半團。
忽然將你來打破，
通身上下無心肝。

剝皮 1

著名國畫大師齊白石有三首題不倒翁畫的詩，其中一首是仿明代江南才子徐文長《不倒翁》詩的，詩云：

烏紗白扇儼然官，
不倒原來泥半團。
將汝忽然來打破，
通身何處有心肝？

白石老人寫這首詩，是因為他在舊社會目睹了那些大小官吏只知搜刮民脂民膏，對老百姓死活不聞不問，全無心肝。因此，他借題發揮，諷刺那些「雖無肝膽有官階」，「胸無點墨，不學無術」，卻又依仗權勢不會倒的反動官僚們。真是涉筆成趣，淋漓盡致，一針見血，擊中要害。

原著

詠美人執爨

【明】佚名

吹火朱唇動，
添薪玉臂斜。
煙光籠粉面，
一似霧中花。

剝皮1

明馮夢龍《廣笑府》載：有一醜婦責備她的丈夫說：「我常燒火煮飯，你就不能向人家學習寫首詩贈我嗎？」她丈夫想到別人有《詠美人執爨》詩，於是就仿作道：

吹火青唇動，
添薪鐵臂強。
煙光籠黑面，
一似鬼王娘。

原著

詠史小樂府

【清】王士禎

長揖橫刀出，
將軍蓋代雄。
頭顱行萬里，
失計殺田豐。

剝皮1

盧騷是法國啟蒙主義的思想家。十九世紀二十年末，梁實秋曾誹謗盧騷《懺悔錄》為「盧騷個人不道德的行為，已然成為一般浪漫文人行為之標類的代表，對於盧騷的道德的攻擊，可以說即是給一般浪漫的人的行為的攻擊。」魯迅先生模仿清王士禎詩，以諷刺梁實秋對盧騷的攻擊。魯詩云：

脫帽懷鉛出，
先生蓋代窮。
頭顱行萬里，
失計造兒童。

原著

論詩

【清】趙翼

李杜詩篇萬口傳，
至今已覺不新鮮。
江山代有才人出，
各領風騷數百年。

剝皮1

民國初年，軍閥割據稱雄，魚肉百姓。一九二四年，于右任仿清趙翼《論詩》詩作《讀史三首》，其第三首詩云：

風雲龍虎亦偶然，
欺人青史話連篇。
中原代有英雄出，
各苦生民數十年。

剝皮 2

以錢買官，古已有之，於今為烈；以殺謀官，古來未有，於今創新。有人仿清趙翼《論詩五絕》曰：

以錢買官事頻傳，
至今已覺不新鮮。
以殺謀官「才」人出，
多領風騷沒幾天。

原著

好了歌

【清】曹雪芹

世人都曉神仙好，
惟有功名忘不了。
古今將相在何方？
荒冢一堆草沒了！

世人都曉神仙好，
只有金銀忘不了。
終朝只恨聚無多，
及到多時眼閉了！

世人都曉神仙好，
只有姣妻忘不了。
君生日日說恩情，
君死又隨人去了！

世人都曉神仙好，
只有兒孫忘不了。
痴心父母古來多，
孝順兒孫誰見了?!

剝皮1

今有人仿曹雪芹《好了歌》作《〈好了歌〉新編》，以刺官風、世風，詩云：

人人都曉「倒爺」好，
倒來倒去都「發了」。
只要能把大錢賺，
道德良心不要了。

世人都曉「後門」好，
這條路子「沒治了」。
不管事情有多難，

最後全部辦成了。

世人都曉「宴會」好，
「四菜一湯」吃肥了。
你請我來我請你，
反正公家報銷了。

世人都曉「扯皮」好，
不費力氣不費腦。
扯上三年又五載，
問題自然不見了。

世人都曉「官僚」好，
這頂帽子妙極了。
出了問題別害怕，

戴上帽子沒事了。

剝皮 2

有人仿《紅樓夢》中《好了歌》詠錢，針砭時弊。仿詩云：

世人都說金錢好，歪道發財忘不了。
偽劣商品假充真，只是良心變黑了。
世人都說金錢好，搶劫偷扒何時了。
公開勒索使新招，法律為何管不了。
世人都說金錢好，買路通關百事了。
明知賄賂是犯法，閉眼裝成不見了。
世人都說金錢好，貪贓枉法心槓了。

須知暴斂難善終，待到頭來命送了。
世人都說金錢好，衣食住行少不了。
須知政府靠勤勞，安分守己就好了。

原著

《好了歌》新注

《紅樓夢》

陋室空堂，
當年笏滿床；
衰草枯楊，
曾為歌舞場。
蛛絲兒結滿雕梁，
綠紗今又糊在蓬窗上。
說什麼脂正濃、粉正香，
如何兩鬢又成霜？
昨日黃土隴頭送白骨，
今宵紅燈帳底臥鴛鴦。
金滿箱，
銀滿箱，
展眼乞丐人皆謗。
正嘆他人命不長，
哪知自己歸來喪！

訓有方，
保不定日後作強梁。
擇膏粱，
誰承望流落在煙花巷！
因嫌紗帽小，
致使鎖枷杠；
昨憐破襖寒，
今嫌紫蟒長：
亂烘烘你方唱罷我登場，
反認他鄉是故鄉。
甚荒唐，
到頭來都是為他人作嫁衣裳！

剝皮 1

今人孟廣祥仿《紅樓夢》中《〈好了歌〉新注》另賦新詞，把賭徒的行狀描繪得活靈活現：

陋室空堂，

昨夜錢滿床；
殘衣舊桌，
好個賭博場。
蛛絲兒結滿房梁，
破被兒又堵在蓬窗上。
說什麼煙正濃、酒正香，
為何兩眼淚汪汪？
昨日旗開得勝兜囊飽，
今宵一著不慎又輸光。
金滿箱，
銀滿箱，
不義之財人皆謗。
正笑他人運不濟，
哪知自己也難昌。
湊賭資，

保不定要去作強梁；
盼發財，
誰承望家也傾產也蕩！
因嫌勞動苦，
致使邪欲狂；
如飲迷魂酒，
忘卻法力強。
亂烘烘你方離席我登場，
大呼小叫鬥志昂。
甚荒唐，
到頭來難免自作自受枉悲傷。

原著

詠蛙

【清】鄭正鵠

小小青蛙似虎形，
河邊大樹好遮蔭。
明春我不先開口，
哪個蟲兒敢作聲。

剝皮 1

一九九四年一月八日《周末》報載：少年毛澤東從韶山到湘鄉縣東山高等小學堂讀書，由於口音不同，衣著簡樸，且入學時年齡偏大，因而屢受同學們的奚落。有感於這種環境，毛澤東便改寫鄭正鵠的《詠蛙》詩，以此言志：

獨坐池塘如虎踞，
綠楊樹下養精神。
春來我不先開口，
哪個蟲兒敢作聲！

原著

勸兒

【清】佚名

勸爾莫吃甕頭春，
做件衣衫著在身。
目今世界人情薄，
只重衣衫不重人。

剝皮 1

清某人喜飲酒，其父想讓他戒掉，便題《勸兒》詩於壁。誰知此人見之，竟提筆改父詩曰：

我今偏吃甕頭春，
不做衣衫著在身。
有朝一日無常到，
不要衣衫只要人。

原著

詠雪

【清】佚名

落遍山隈與水濱，
漫天蓋野白如銀。
前村報道溪橋斷，
可喜難來索債人。

剝皮1

清末民初故事：春節將至，妓女必派丁給名士送禮，收禮者例須犒金一餅，名士常苦之。一日大雨，溝渠皆滿，途人絶稀，而妓家送禮之丁不再出門。李寶嘉戲改清《詠雪》詩云：

落遍山隈與水濱，
漫天蓋野雨鱗鱗。
門前報道溝渠滿，
可喜難來饋節人。

原著

讀書詩

【清】佚名

春來不是讀書天，
夏日炎炎正好眠。
秋有蚊蟲冬又冷，
收拾書箱待來年。

剝皮 1

佚名的《讀書詩》是一首流傳頗廣的詩，它批評了以種種藉口不讀書的人。有人反其意而用之，活剝一首：

春來正是讀書天，
夏日炎炎不貪眠。
秋高氣爽正好讀，
嚴冬讀書志更堅。

原著

嘲中書官

【清】佚名

莫笑區區職分卑，
小京官裡最便宜。
也隨翰苑稱前輩，
且喜中堂是老師。
四庫書成邀議敘，
六年俸滿放同知。
有時溜到軍機處，
一串朝珠項下垂。

剝皮 1

清陳其元《庸閑齋筆記》中記錄了作者改《嘲中書官》詩作《嘲教職官》，詩云：

莫笑區區職分卑，
教官也最占便宜。

春秋兩季分肥胙，
督撫同聲叫老師。
遇考可求優行代，
束脩不怕上官知。
有時保得京銜著，
一串朝珠項下垂。

原著

剃頭詩

【清】佚　名

聞道頭須剃，
而今盡剃頭。
有頭皆要剃，
不剃不成頭。
剃自由他剃，
頭還是我頭。
請看剃頭者，
人亦剃其頭。

剝皮 1

一九七四年，夏衍在獄中偶然想起明末清初傳誦一時的打油詩《剃頭詩》，把它改為：

聞道人該整，
而今盡整人。

有人皆可整，
不整不成人。
整是由他整，
人還是我人。
請看整人者，
人亦整其人。

夏衍這首仿擬詩，反映了文化大革命十年動亂中特定的生活真實，意味深長，發人深思。

剝皮 2

近人柴小梵《梵天廬叢錄》載：有人套襲清佚名《剃頭詩》句調作戲妻詩者，詩云：

誰道妻堪戲，
君乃戲我妻。
我妻且莫戲，
一戲不成妻。

戲自由君戲，
妻終是我妻。
告訴戲妻者，
我欲戲其妻。

原著

四海之內皆東王

【清】佚名

膽為紅巾破，
愁隨黑髮長。
傷心憐姊妹，
含淚別爺娘。
殺賊全憑向，
殃民總是楊。
避秦何處好，
搔首對斜陽。

剝皮 1

近人雷瑨《文苑滑稽談》載：太平天國時，曾舉行科舉考試，詩題為《四海之內皆東王》。一士子寫詩罵太平天國云云，「秀全怒而殺之」。民國初，有人改此詩詠時事：

財盡身隨盡，

心長髮不長。
謀官憑選舉，
平等對爺娘。
戰地無青草，
民居遍白楊。
共和何處是，
惘悵立斜陽。

原著

嘲易七麻

【清】佚　名

好吃無如易七麻，
肴猶未到口先呀。
嘗將一箸箝三片，
慣聳雙肩壓兩家。
嚼進嘴邊流白沫，
撓穿碗底現藍花。
酒闌人散無多事，
閑倚欄干剔板牙。

剝皮 1

現代著名音樂家王光祈（一八九二～一九三六年），字潤璵，四川省温江縣人。一九一二年王光祈中學畢業，回温江家中休學一年。夏天某日，他同幾位同學郊遊，在西城外東宮寺聚餐。席上同學們請他作詩，他謙遜地謝絕。與遊諸人，都唱和留念。其中有個姓郭的，是川西壩子著名袍哥郭舵把子郭九安的親侄兒，平時就仗勢欺人，貫耍無賴。每有宴會，他總是不速之客，一鑽到底，並有一副饕餮饞相，早為諸人不滿。王光祈推卻不能作詩，郭某乘機大肆嘲訕，並且公開謗毀他的祖父王澤三是窮途潦倒的無用文人。王光祈非常氣忿，立即戲仿一詩，嘲笑郭某。詩云：

搶吃堪稱郭九娃，
眼如圓鏡箸如叉。
常將一箸拈三片，
貫用雙拳隔兩家。
飲盡甕頭餘白瓿，
舔乾盤子現青花。
酩酊醉罷翩翩去，
斜倚欄干掏板牙。

原著

衢歌

《笑林廣記》

紅帽哼哼黑帽哈，
江都典史看梅花。
梅花忽地開言道：
「小的梅花接老爺」。

剝皮 1

晚清時，一讞（音 yàn 厭。審判。）官極喜抽雪茄煙，即坐藍輿中亦必口銜是物，有人仿《笑林廣記》中一詩道：

紅帽哼哼黑帽哈，
煙霧騰騰吸雪茄。
路人問是何官府。
會審衙門大老爺。

原著

自嘲

魯迅

運交華蓋欲何求，
未敢翻身已碰頭。
舊帽遮顏過鬧市，
破船載酒泛中流。
橫眉冷對千夫指，
俯首甘為孺子牛。
躲進小樓成一統，
管他冬夏與春秋。

剝皮1

廖沫沙一九七八年三月回北京治病，在朝陽醫院住院時，遇到了過去熟悉的同志，互道十餘年來的遭遇。他在聽了那位同志自述其經歷後，仿擬魯迅《自嘲》詩寫了一首七律，極幽默地嘲諷了「四人幫」對知識分子的摧殘。廖詩題目是：《步魯迅〈自嘲〉原韻戲呈某同志》，詩云：

運交華蓋欲何求？
革命於今「砸狗頭」。
有病尋醫遭白眼，
沿門乞藥賣風流。
垂頭頗似無家犬，
俯視原來有臥牛。
掘盡蓮蓬栽水稻，
泥漿沒腿度春秋。

其中第六句是說該同志有天上班，在小巷中暈倒路旁，恰似一「臥牛」。

剝皮2

今人曾復偉曾仿魯迅先生《自嘲》詩寫了一首詩，題曰《懲貪》，詩云：

金權得配更何求？
別墅包間每碰頭。

自駕「奔馳」兜鬧市，
轉攜佳麗泛中流。
橫眉冷對胸前指，
俯首甘為膝下牛。
栽進大牢成一統，
累他朱筆寫《春秋》。

原著

無題

魯迅

慣於長夜過春時，
挈婦將雛鬢有絲。
夢裡依稀慈母淚，
城頭變幻大王旗。
忍看朋輩成新鬼，
怒向刀叢覓小詩。
吟罷低眉無寫處，
月光如水照緇衣。

剝皮 1

今人何中奇先生在「文革」中仿魯迅《無題》（慣於長夜）詩作《有感》：

慣於風口度明時，
育李培桃鬢漸絲。

夢中依稀呼口號，
牆頭變幻畫旌旗。
忍看暴徒成新貴，
暗向報刊寄歪詩。
吟罷橫眉無發處，
螢光如豆照牛衣。

剝皮 2

一九八八年秋，由於政治和經濟工作的失誤，社會上「官倒」和腐敗現象甚為突出，加上通貨膨脹，多種思潮泛濫，影響社會安定，改革開放的大好勢頭受到挫折，百姓深感痛心。今人樓適夷在《人民日報》上發表了仿魯迅詩二首，其一云：

慣於長夜盼明時，
碌碌平生鬢有絲。
廿載抓綱餘血淚，
十年改革見旌旗。

忍看倒爺亂天下，
怒斥群妖覓小詩。
吟罷低眉無寫處，
莫叫皇帝披新衣。

原著

桂遊小贊

胡適

看盡柳州山，
看盡柳州水。
天上不須半日，
地上五千里。

古人辛苦學神仙，
要受千百戒。
看我不修不煉，
也凌雲無礙。

剝皮 1

陶行知和胡適都是安徽徽州人，又都留學美國，同是杜威的學生，但二人對當時中國教育的看法截然不同，因而常有爭論。

胡適有一次乘飛機去兩廣，在飛機上一路觀看山水，下機後，詩興大發，於是寫了一首《桂遊小贊》。胡適在詩中說自己坐飛機如神仙騰雲，抒發了閑適的情趣。對於這首小詩，有人吹噓它開闢了「新詩人可以走的一條路」，胡適本人也因此沾沾自喜。

對此，人民教育家陶行知卻不以為然，憤然指出：「這種害了貧血症的文藝，根本没有力量走路，還要教育青年詩人跟著它後面走，這使我不能忍耐。」於是，他在一次對小朋友的講演中，在批判胡適詩「貧血」的同時，也仿效其形式，「把一些活的血輸進去」，作了一首題為《另一種看法》的詩：

流盡工農汗，
還流淚不息。
天上不須半日，
地上千萬滴。

辛辛苦苦造飛機，
無法上天嬉。
讓你看山看水，
這事太稀奇。

有位小朋友聽了，建議最後一句改為「還要吹牛皮」。陶行知說「改得好」，便照辦了。

原著

長征

毛澤東

紅軍不怕遠征難，
萬水千山只等閑。
五嶺逶迤騰細浪，
烏蒙磅礴走泥丸。
金沙水拍雲崖暖，
大渡橋橫鐵索寒。
更喜岷山千里雪，
三軍過後盡開顏。

剝皮 1

《淮海文匯》一九九六年第十期載：趙銀河先生仿毛澤東《長征》詩作《為某君畫像》：

某君不怕喝酒難，
萬杯千盞只等閑。

白酒啤酒騰細浪，
生猛海鮮走魚丸。
三瓶五瓶心才暖，
一日無酒身上寒。
更喜妙齡按摩女，
「三陪」過後盡開顏。

剝皮 2

當官不怕吃酒難，
萬盞千杯只等閑。
鴛鴦大鍋騰細浪，
生猛海鮮走魚丸。
桑拿按摩周身暖，
麻將桌上五更寒。

更喜小姐膚如雪，
「三陪」過後盡開顏。

剝皮 3

《新潮》雜誌一九九七年增刊上，發表了無署名文章《新民諺詮注——從民謠看反腐敗》，其中有首仿《長征》詩，表達了人民群眾對某些官員一天到晚沉迷於酒席的諷刺和厭惡。詩云：

公僕不怕飲酒難，
萬杯千盞只等閑。
「習水」「洋河」騰細浪，
「孔府」佳釀走泥丸。
「酒鬼」下肚肚裡暖，
「特麯」壯膽膽不寒。
更喜「茅台」「五糧液」，
諸君飲後盡開顏。

原著

憶秦娥・婁山關

毛澤東

西風烈，
長空雁叫霜晨月。
霜晨月，
馬蹄聲碎，
喇叭聲咽。

雄關漫道真如鐵，
而今邁步從頭越。
從頭越，
蒼山如海，
殘陽如血。

剝皮 1

某地一公司，研究出人造處女膜，聲稱無論你怎麼搞，處女膜都完好如初。其廣告詞乃是擬毛澤東一首詞，云：

夜風烈，
長空鳥叫朦朧月。
朦朧月，
處女膜破，
少女聲咽。

雄關漫道硬如鐵，
而今邁步從頭越。
從頭越，
夜夜新娘，
次次有血。

原著

絕筆

夏明翰

砍頭不要緊，
只要主義真。
殺了夏明翰，
還有後來人。

剝皮1

近幾年，假冒偽劣產品泛濫成災，對社會危害巨大。有人仿夏明翰詩云：

貨假不要緊，
只要鈔票真，
「宰」了他幾個，
還有後來人。

剝皮 2

有些企業以請吃喝等非常手段牟取暴利，而這些企業老闆則常以此炫耀自己，認為有功於職工。為此，有人仿夏明翰詩云：

吃酒不要緊，
只要有獎金。
犧牲我一個，
富了全廠人。

原著

自由與愛情

生命誠可貴，
愛情價更高。
若為自由故，
兩者皆可拋。

【匈牙利】裴多菲·山陀爾

剝皮 1

改革開放以來，城市姑娘中有不少人願為洋人妻。有人仿裴多菲詩以嘲之：

文憑誠可貴，
職務價更高。
若有出國路，
兩者皆可拋。

剝皮 2

近幾年，幹部路線上的不正之風亦漸泛濫。在用人問題上，不講「幹部四化」，不講德、勤、能、績，不講德才兼備，只講一條：關係。百姓們很有意見，有人仿裴多菲詩以諷之：

年齡誠可貴，
文憑價更高。
若有關係硬，
兩者皆可拋。

剝皮 3

據載：有報紙只不過登了幾則廣傳天下的民謠外加幾句評議，結果報紙停辦。為此，有人作詩云：

真話誠可貴，
思想價更高，

若為飯碗故，
二者拋不拋？

剝皮 4

在某大學校園裡，流傳著這麼一首仿擬詩：

學士誠可貴，
碩士價更高。
若為鈔票故，
兩者皆可拋。

剝皮 5

八十年代，一些學校的學生染上了「厭學症」，他們的最高理想只是能拿到畢業文憑就行了。有人仿裴多菲名詩云：

讀書誠可貴，

考試價更高。
若不為文憑，
二者皆可拋。

剝皮6

一詩翁針對當前社會婚姻家庭的不良傾向，戲改斐多非一首詩，予以諷刺：

㈠

愛情誠可貴，
婚姻價更高。
如果沒房子，
立馬把你拋。

㈡

生命誠可貴，
愛情價更高。

若為自由故，
二老皆可拋。

㈢

生命誠可貴，
愛情價更高。
家產我全家，
二老全都拋。

㈣

老婆誠可貴，
孩子價更高。
若為情人故，
二者皆可拋。

剝皮詞

原著

憶江南（三首）

【唐】白居易

江南好，
風景舊曾諳。
日出江花紅似火，
春來江水綠如藍。
能不憶江南？

江南憶，
最憶是杭州。
山寺月中尋桂子，
郡亭枕上看潮頭。
何日更重遊？

江南憶，
其次憶吳宮。
吳酒一杯春竹葉，

吳娃雙舞醉芙蓉。
早晚復相逢？

剝皮 1

近幾年，一些幹部打著發展市場經濟的旗號，用公款旅遊，吃喝之風一時泛濫成災，實在令人髮指。有人仿擬唐白居易《憶江南》而作《致某參觀團》：

參觀好，
風景便熟諳。
泰頂觀日紅勝火，
黃山佛云樂無邊。
能不去參觀！

參觀妙，
最妙是杭州。
山寺月中尋桂子，

郡亭枕上看潮頭。
公費盡情遊！

參觀樂，
處處是行宮。
美酒一杯五糧液，
終日雙頰醉芙蓉。
參觀樂無窮！

原著

浪淘沙

【五代・南唐】李煜

簾外雨潺潺，
春意闌珊，
羅衾不耐五更寒。
夢裡不知身是客，
一晌貪歡。

獨自莫憑欄！
無限關山，
別時容易見時難。
流水落花春去也，
天上人間！

剝皮 1

有一學生考語文時，因題目深奧，難以下筆，便戲仿五代李煜《浪淘沙》詞寫在卷上。

窗外雨潺潺，
心潮滾翻，
荏苒光陰當等閑。
急時佛腳難抱得，
恨作洋盤！
獨坐講台前，
書也難翻，
混時容易考時難。
報道一聲交卷也，
分數若干?!

原著

虞美人

【五代・南唐】李　煜

春花秋月何時了？
往事知多少。
小樓昨夜又東風，
故國不堪回首月明中！
雕欄玉砌應猶在，
只是朱顏改。
問君能有幾多愁？
恰似一江春水向東流。

剝皮1

一九七一年一月十六日，周恩來接到三〇一醫院報告：陳毅闌尾炎亞急性發作，需要立即做切除闌尾的手術。周恩來批准了。待手術時，醫生們才發現陳毅的闌尾是好的，真正的病因是結腸癌，並已有局部淋巴結轉移，侵及附近肝臟。術後，在周恩來的關懷下，陳毅的病情得到了好轉。

一個星期天，陳毅向醫院請假回到了家裡休息。這天晚飯前，葉劍英讓人給陳毅送來了兩只芒果，還附了一首給陳毅的詞。陳毅戴上眼鏡一看，不由高興地哈哈笑了。

葉劍英在一張素箋上寫道：

【寄陳毅】

串連炮打何時了？
官罷知多少。
疆場赫赫舊威風，
頂住青年小將幾回衝。

嚴關過後艱難在，
思想翻然改。
全心全意一為公，
共產主義大道正朝東。

剝皮 2

有人針對官風不正，曾仿李煜《虞美人》作詞一首云：

花天酒地何時了？
浪子知多少。
官場陣陣刮歪風，
瀆職貪污卻入笑談中。

五星旗幟依然在，
可惜心情改。
問君底事憑多愁？
生怕前人鮮血付東流！

剝皮 3

今人陳以鴻先生仿南唐後主李煜的《虞美人》詞，對一些社會現象進行抨擊。

㈠

吞雲吐霧何時了？
癮士知多少！
竟將臭氣作香風，
忍使旁人誤吸入胸中。

壁間告示煌煌在，
痼習嗟難改。
舶來品更足堪愁，
膏血吾民滾滾付東流。

㈡

方城卜築何時了？
雀害知多少！
東南西北並與風，

萬索筒邊白發伴紅中。

成堆籌碼牆前在，
博局無由改。
豈唯勝負繫歡愁，
一倒年華逝水指間流。

㈢

污言穢語何時了？
國罵知多少！
久聞四美倡新風，
無奈周圍一片噪聲中。

文明禮貌俱安在，
只願幡然改。
可憐年少未諳愁，

也與渾波濁浪效同流。

(四)

鋪張浪費何時了？
豪客知多少！
錢神兀自逞威風，
頃刻千金一擲笑談中。

懲奢尚儉良箴在，
知過應速改。
狂瀾傾倒不須愁，
請看巍巍砥柱峙中流。

剝皮 4

有人仿五代李煜《虞美人》作《麻將詞》：

劈哩叭啦何時了，
籌碼逐漸少，
剛才順手又搬風，
上家打牌又疑如郎中。

一四七萬應猶在，
只是不出來。
問君還有幾多籌？
只見薪水加給向外流！

剝皮 5

有人仿五代李煜《虞美人》詞作《公費宴請何時了》，諷刺慷國家之慨的「公僕」：

公費宴請何時了，

花費知多少？
燈紅酒綠又香風，
千個億元吃掉在其中。

艱苦奮鬥今安在，
不怕紅旗改？
問君為甚不知羞，
竟把振興華夏付東流。

剝皮 6

傳媒多有報導：今多有以殺謀官者。有的將官殺死，有的將官殺傷，有的則用濃硫酸毀官容。這種「圖官害命」法，卻無一成功。有人仿南唐李後主《虞美人》詞曰：

官官相殺何時了，
曝光知多少，

買官賣官竟成風，
跑官民謠傳唱中。
以殺謀官總是敗，
只是無人改。
吏治腐敗使人愁，
惟恐人民政權付東流。

剝皮7

一九九八年春，有人仿五代李煜《虞美人・春花秋月何時了》作股民自嘲詞，云：

窄幅盤整何時了，
套牢知多少，
上面雖然吹暖風，
火爆不堪回首四月中。

手中股票都還在，
只是價位改。
問君能有幾多愁，
票面價值一半付東流。

剝皮 8

有一男人，身體本來十分健壯，但自娶妻後，全身日漸消瘦，心中十分害怕。一天，妻子又要求與他交合，他忍無可忍，便仿李後主《虞美人》詞，做了一首，交給她看，詞云：

顛鸞倒鳳何時了，
交貨知多少？
每晚都來馬上風，
上陣嬌你就似一夢中。

少女羞態應猶在，

忽然牛顏改。
問卿可知我憂愁，
恰似一缸精水向屄流。

原著

生查子

【宋】歐陽修

去年元夜時，
花市燈如晝。
月上柳梢頭，
人約黃昏後。

今年元夜時，
月與燈依舊。
不見去年人，
淚濕春衫袖。

剝皮 1

有人仿宋歐陽修《生查子》詞作《某賓館》：

去年秋夜時，
賓館燈如舊。

狂嚼盛筵中，
大醉黃昏後。

今年秋夜時，
燈與人依舊。
公款又攜來，
笑語盈衣袖。

原著

朝中措

【宋】歐陽修

平山欄檻倚晴空，
山色有無中。
手種堂前垂柳，
別來幾度春風。

文章太守，
揮毫萬字，
一飲千鍾。
行樂直須年少，
尊前看取衰翁。

剝皮 1

明梅鼎祚《青泥蓮花記》載：宋時有一宰相，本寒門出身，及登相位，常以措大自負。生日那天，京城有一妓，改歐陽修《朝中措》詞為壽。時相喜其善改易，又愛《朝中措》之名（按：唐代稱士人為「措」或「措大」。「措」乃「醋」之諧音，有嘲弄士人迂酸之意。此乃詞牌名的原意。妓以《朝中措》詞為時相上壽，與相「以措大自負」正合拍，故相喜之。）厚賞之，妓仿詞云：

屏山欄檻倚晴空，
山色有無中。
手種庭前桃李，
別來幾度春風。

文章宰相，
揮毫萬字，
一飲千鍾。
行樂不須年少，
目前看取仙翁。

原著

行香子

【宋】蘇　軾

清夜無塵，
月色如銀。
酒斟時、須滿十分。
浮名浮利，
虛若勞神。
嘆隙中駒，
石中火，
夢中身。

雖抱文章，
開口誰親。
且陶陶、樂盡天真。
幾時歸去，
作個閑人。
對一張琴，

一壺酒，
一溪雲。

剝皮 1

宋洪邁《容齋隨筆》載：宋紹興初，范覺民為相。范建議：自崇寧朝以來，已建立了不少規章制度。對官員獎懲，應當討論，升、降、免，一遵法度。朝廷採納了他的建議，吏部據之行其事。當時，官員不稱職者，被罷免的不少。「雖公論當然，而失職者胥造謗，浮議蜂起。」有無名氏仿蘇東坡《行香子》，作詞云：

清要無因，
選舉艱辛。
繫書錢、須要十分。
浮名浮利，
虛苦勞神。
嘆旅中愁，
心中悶，
部中身。

雖抱文章，
苦苦推尋。
更休說、誰假誰真。
不如歸去，
作個齊民。
免一回來，
一回討，
一回論。

看來，庸官怕「討論」。
仿作作者用大字書寫，貼於牆上，被巡邏者發現，撕去上交。結果，「朝論慮或搖人心，罷討論之舉，范公用是為台諫所攻」。

原著

水調歌頭

【宋】蘇軾

明月幾時有，
把酒問青天。
不知天上宮闕，
今夕是何年。
我欲乘風歸去，
惟恐瓊樓玉宇，
高處不勝寒。
起舞弄清影，
何似在人間。

轉朱閣，
低綺戶，
照無眠。
不應有恨，
何事長向別時圓。

人有悲歡離合，
月有陰晴圓缺，
此事古難全。
但願人長久，
千里共嬋娟。

剝皮 1

校園考試，有學生仿蘇軾《水調歌頭》詞云：

高分幾時有，
無語問青天。
此次又未及格，
怎去面家嚴。
我欲退學不念，
惟恐父責母怨，
幾年白流汗。
學習成績差，

何況在重點。

三分耕，
一分穫，
夜無眠。

也應有恨，
誰謂我意志不堅。
月有陰晴圓缺，
生有成績優劣，
此事古難全。
但願發奮後，
名在孫山前。

原著

滿庭芳

【宋】秦觀

山抹微雲，
天黏衰草，
畫角聲斷譙門。
暫停征棹，
聊共飲離樽。
多少蓬萊舊事，
空回首、煙靄紛紛。
斜陽外，
寒鴉萬點，
流水繞孤村。

銷魂，
當此際，
香囊暗解，
羅帶輕分。

漫贏得青樓薄倖名存。
此去何時見也？
襟袖上，空惹啼痕。
傷情處，
高城望斷，
燈火已黃昏。

剝皮 1

宋吳曾《復齋漫錄》載：宋時，杭州西湖有個副職的官兒，一次隨口唱秦觀的《滿庭芳》，把「畫角聲斷譙門」，誤唱作「畫角聲斷斜陽」。其時，他身旁有個杭州名妓叫琴操的，指出了他的錯處。這個副官打趣地說：「你能把這首詞改一下韻嗎？」琴操當即把秦詞改作「陽」字韻，唱道：

山抹微雲，
天黏衰草，
畫角聲斷斜陽。
暫停征轡，

聊共飲離觴。
多少蓬萊舊侶，
空回首、煙靄茫茫。
孤村裡，
寒鴉萬點，
流水繞空牆。

魂傷，
當此際，
輕分羅帶，
暗解香囊。
漫贏得秦樓薄倖名狂。
此去何時見也？
襟袖上、空有餘香。
傷情處，

高城望斷，
燈火已昏黃。

原著

青玉案

【宋】賀鑄

凌波不過橫塘路，
但目送，
芳塵去。
錦瑟華年誰與度？
月台花榭，
瑣窗朱戶，
只有春知處。

碧雲冉冉蘅皋暮，
彩筆新題斷腸句。
試問閑愁都幾許？
一川煙草，
滿城風絮，
梅子黃時雨。

剝皮 1

宋佚名《青玉案・詠舉子赴省》詞，是仿北宋賀鑄的名篇《青玉案・橫塘路》的，嘲諷科舉考試中草包考生們挾帶無門、搜腸刮肚也做不出幾行文字狼狽狀，諧趣盎然。

仿擬詞云：

釘鞋踏破祥符路，
似白鷺，
紛紛去。
試篚幞頭誰與度？
八廂兒事，
兩員值殿，
懷挾無藏處。

時辰報盡天將暮，
把筆胡填備員句。
試問閑愁都幾許？

兩條脂燭，
半盂餿飯，
一陣黃昏雨。

原著

如夢令

【宋】李清照

昨夜雨疏風驟，
濃睡不消殘酒。
試問捲簾人，
卻道海棠依舊。
知否？知否？
應是綠肥紅瘦。

剝皮 1

近幾年，公費吃喝風盛行。有人仿宋李清照《如夢令》詞作《題某國營公司》，云：

今日碰杯聲驟，
暢飲西洋名酒。
試問宴中人，

卻道公司依舊。
知否？知否？
早已私肥公瘦！

剝皮 2

「公款吃，影響壞，人民怨，黨風敗」。吃喝風屢不止，「吃國家」、「白吃」是最重要的經濟原因。有人仿宋李清照《如夢令》，為詞一首，曰：

今夜談笑聲驟，
滿桌剩餚殘酒。
試問宴中人，
卻道「報銷依舊」。
知否？知否？
莫令吏肥民瘦。

剝皮3

一九九八年春，股市大跌，有人仿宋女詩人李清照《如夢令》詞云：

股市風狂雨驟，
股民好生憂愁。
試問無形手，
卻道還沒跌夠。
知否，知否？
早該斬倉割肉。

剝皮4

中保「鴻壽」人壽保險公司宣傳保險，仿宋李清照《如夢令》作《勸保歌》：

昨日皇糧領夠，
生老病死不愁。
今問市場人，

卻道「保險難有」。
知否，知否，
趁早投保「鴻壽」。

原著

如夢令

【宋】李清照

常記溪亭日暮，
沉醉不知歸路。
興盡晚回舟，
誤入藕花深處。
爭渡，
爭渡，
驚起一灘鷗鷺。

剝皮 1

某經理喜愛文學，曾仿宋李清照《如夢令》為詞一首，云：

昨夜飲酒過度，
沉醉不知歸路。
盡興去歌廳，

步入包房深處。
嘔吐，
嘔吐，
驚得小姐怒目。

原著

聲聲慢

【宋】李清照

尋尋覓覓，
冷冷清清，
悽悽慘慘戚戚。
乍暖還寒時候，
最難將息。
三杯兩盞淡酒，
怎敵他晚來風急。
雁過也，
正傷心，
卻是舊時相識。

滿地黃花堆積，
憔悴損，
如今有誰堪摘？
守著窗兒，

獨自怎生得黑。
梧桐更兼細雨，
到黃昏，
點點滴滴。
這次第，
怎一個愁字了得！

剝皮 1

學校考試，有學生仿李清照詞云：

尋尋覓覓，
瞧瞧看看，
驚驚慌慌顫顫。
乍考未考時候，
最難心安。
三張兩紙小抄，
怎敵它考題面廣。

師走也，
吾作弊，
恰被當場抓住。
滿卷空題堆積。
不會做，
如今有誰相幫？
老師盯著，
獨自怎生考好？
左瞧更兼右看，
到下課，
緊緊張張，
這考卷，
怎一個難字了得。

原著

釵頭鳳

【宋】陸　游

紅酥手，
黃縢酒，
滿城春色宮牆柳。
東風惡，
歡情薄。
一杯愁緒，
幾年離索。
錯！
錯！
錯！

春如舊，
人空瘦，
淚痕紅浥鮫綃透。
桃花落，

閑池閣。
山盟雖在，
錦書難託。
莫！
莫！
莫！

剝皮 1

台灣防高血壓協會和社會祥和基金會，製作了一批戒煙宣傳卡片，上面印著模仿宋代陸游《釵頭鳳》詞寫的一首《戒煙歌》：

本國煙，
外國煙，
成癮苦海都無邊。
前人唱，
後人和。
飯後一支，

神仙生活。
錯！
錯！
錯！

煙如舊，
人苦透，
咳嗽氣喘罪受夠。
喜樂少，
愁苦多。
一朝上癮，
終身枷鎖。
莫！
莫！
莫！

剝皮2

上海一小學校長因不滿該校某女教師衣著性感，遂仿宋陸游《釵頭鳳》詞，不指名地諷刺挖苦。某女教師以誹謗罪將校長告上法庭。該校長仿詞云：

紅手指，
銀腳丫，
頭頂彩虹綠黃藍。
鞋跟高，
衫裙短。
不怕犧牲，
只為時髦。
嗲！
嗲！
嗲！
柳眉濃，

香襲遠，
秋娘自愧妝不如。
丟魂魄，
失風雅。
青樓遺風，
不成體統。
羞！
羞！
羞！

剝皮 3

有人仿宋陸游《釵頭鳳》詞，揭露社會上少數不肖兒媳虐待老人的醜惡現象。詞云：

清晨起，
鍋無米，

登門乞食長流涕。
兒何薄，
媳何惡。
訴盡前情，
不施升合。
錯！
錯！
錯！

天如聵，
法如廢，
難容不肖心如沸。
囊空捲，
人空念。
歸坐愁城，

朔風吹面。
怨！
怨！
怨！

原著

醜奴兒·書博山道中壁

【宋】辛棄疾

少年不識愁滋味，
愛上層樓。
愛上層樓，
為賦新詞強說愁。

而今識盡愁滋味，
欲說還休。
欲說還休，
卻道「天涼好個秋！」

剝皮 1

中國是世界捲煙生產和消費大國。對於抽煙、戒酒，煙民心態不一。有人套改宋辛棄疾《醜奴兒》詞，充分說明了這一點。詞云：

少年不識煙滋味，

愛沾煙酒。
愛沾煙酒，
為顯成熟勉強抽。
而今識盡煙滋味，
欲戒還休。
欲戒還休，
卻道「盡量少點抽」。

原著

惜餘春

【清】蒲松齡

因恨成痴，
轉思作想，
日日為情顛倒。
海棠帶酸，
楊柳傷春，
同是一般懷抱。
甚得新愁舊愁，
鏟盡還生，
便如新草。
自別離、只在奈何天裡，
度將昏曉。

今日個、蹙損春山，
望穿秋水，
道棄已拚棄了！

芳衾妒夢，
玉漏驚魂，
要睡何能睡好！
漫說長宵似年，
儂視一年，
比更猶少。
過三更已是三年，
更有何人不老！

剝皮 1

近人雷瑨《文苑滑稽談》載：滬上有妓女林黛玉者，年過徐娘，猶操賣淫業。有人仿《聊齋誌異・宦娘》中《惜餘春》詞云：

戲子姘頭，
髦兒搭腳，
日日為錢顛倒。
負債從良，

下堂求去，
同是一般懷抱。
甚得新夫舊夫，
拔去還生，
有如春草。
自別來、只在仁壽里中，
度將昏曉。
今日個、力敵雙麋，
衾同二狗，
說老何曾算老！
天水中兮，
玉山頹倒，
姘也何曾姘好！
漫道長宵有人，
他道一宵，

比人猶少。
過三年已換三人，
更有何人不了。

原著

清平樂・六盤山

毛澤東

天高雲淡，
望斷南飛雁。
不到長城非好漢，
屈指行程二萬。

六盤山上高峰，
紅旗漫捲西風。
今日長纓在手，
何時縛住蒼龍？

剝皮 1

股市如惡濤兇險，不時有人「割肉」。今有人仿毛澤東《清平樂・六盤山》詞為《股民抒懷》，詞云：

川酒寡淡，

「長虹」夢已斷。
不到輸光非好漢，
屈指割肉二萬。
「同方」又上高峰，
垃圾還在手中。
今日莊家喧嘩：
「何時逮住黑馬」？

原著

清平樂

毛澤東

風雲突變，
軍閥重開戰。
灑向人間都是怨，
一枕黃粱再現。

紅旗躍過汀江，
直下龍巖上杭。
收拾金甌一片，
分田分地真忙。

剝皮 1

近年來，為了提高足球水平，國內連年舉辦甲A聯賽。由於少數球員、裁判員素質不高，常有醜事發生，百姓很有意見。有人仿毛澤東《清平樂》詞云：

味道不變，

甲A重開戰。
灑向神州都是怨，
黑哨假球再現。

球迷淚滿長江，
球員直下蘇杭。
拉起窗簾兩片，
分錢分貨真忙。

剝皮曲

原著

山坡羊・潼關懷古

【元】張養浩

峰巒如聚，
波濤如怒，
山河表裡潼關路。
望西都，
意踟躕，
傷心秦漢經行處，
宮闕萬間都做了土。
興，
百姓苦；
亡，
百姓苦。

剝皮 1

中國百姓對國足的表現多有失望，有人仿元張養浩《山坡羊》為《中國教練好幸福》曲云：

球星無數，
球經無數，
亞洲橫豎衝不出。
望巴黎，
不含糊，
人民幣兑成法郎數，
看電視也到香榭路。
興，
球迷苦；
衰，
球迷苦。

據載：中國足協領導及教練到法國考察世界杯足球賽，因搞不到票而在旅館看電視觀摩，故有「看電視」云云。

原著

朝天子・詠喇叭

【元】王磐

喇叭，鎖哪，
曲兒小，
腔兒大。
官船來往亂如麻，
全仗你抬身價。
軍聽了軍愁，
民聽了民怕，
哪裡去辨什麼真共假？
眼見的吹翻了這家，
吹傷了那家，
只吹的水盡鵝飛罷。

剝皮 1

「十億人民九億賭」，東西南北中，何處不聞麻將聲！有人仿《朝天子》為一曲，曰：

麻將，骰子，
子兒小，
數兒大。
十萬八萬能吞下，
全仗你摸著它。
母聽了母愁，
妻聽了妻怕。
誰見靠此致富發了家？
眼見得摸破了這家，
摸光了那家，
只摸得一貧如洗罷。

原著

逼誓

【明】高明《琵琶記》

【繡帶兒】
親年老光陰有幾？
行孝正是今日。
終不然為著一領藍袍，
卻落後了戲彩斑衣。
思之，
此行榮貴雖可疑，
怕親老等不得榮貴。
春闈裡紛紛大儒，
難道是沒爹娘的孩兒方去？

【太師引】
他意裡只要供甘旨，
又何曾戀歡貪妻？
自古道曾參純孝，

何曾去應舉及第？
功名富貴天付與，
天若與不求須至。
娘行是望爹行聽取，
天須鑑孩兒不孝的情罪。

剝皮 1

據《識小錄·壬午科場》載：明崇禎十五年（一六四二年），「主考何瑞征賄賂公行，凡縉紳之子，豪富之家，十得八九。貧士扼腕，叫閽無路，竟為歌詩以傳之。……有集伯喈二闋，一《繡帶兒》云云：一《太師引》云云。」貧士所擬兩首曲云：

【繡帶兒】

身將老觀場有幾？
得志正當今日。
終不然為著滿把牙扦，
卻落後一領荷衣。
真痴，

此番榮貴雖可擬，
怕錢少買不得榮貴秋闈裡。
紛紛的多是富儒，
堪笑那沒家私的也去求試。

【太師引】
費金錢穩取圖甘旨，
又落得誇兒耀妻。
終不見范丹寒賤，
有一個應舉及第。
功名富貴錢所與，
錢若有不求而至。
營生是把文章擲取，
天須鑑我秀才不富的情罪。

原著

燈前修本

【明】王世貞《鳴鳳記》

【解三酲】

恨權臣協謀做黨，
專朝政顛覆朝綱。
我寫不出他滔天的深罪樣，
我寫不出他欺罔的暗中腸。
我只寫他一門六貴同生亂，
更兼他四海交通貨利場。
還思量，
畢竟是衷情剴切，
面訴君王。

【前腔】

嘆孤臣溝渠誓喪，
只為那元惡猖狂。

怪當朝無肯攀庭檻，
又誰個敢敢牽裳？
我只是一心要展擎天手，
管不得十指淋漓血未乾。
還思想，
只須這淚痕血跡，
感動君王。

剝皮 1

據《識小錄・壬午科場》載：明崇禎十五年（一六四二年），由於主考官受賄，所取之士多為縉紳、富豪之子，待榜發，物議沸騰，有落榜士子仿《鳴鳳記》「燈前修本」中曲子，為曲二闋，對主試不公予以諷刺：

【解三酲】
恨貪臣通謀樹黨，
專文政濁亂朝綱。
我寫不出他傳題深罪樣，

我寫不出他字眼暗中藏。
我只寫他滿城豪富同通錢，
一榜交通貨利場。
還思量，
畢竟有多端關節，
面訴君王。

【前腔】
嘆微臣芸窗誓喪，
只為那主試猖狂。
怪經房無背持公道，
又誰個論文章？
我一心要展盤龍手，
更管不得銅臭鞭敲血未央。
還思想，

只須這墨痕筆跡，
激怒君王。

剝皮聯

原著

雲南昆明大觀樓聯

【清】孫髯

五百里滇池，奔來眼底。披襟岸幘，喜茫茫空闊無邊。看東驤神駿，西翥靈儀，北走蜿蜒，南翔縞素。高人韻士，何妨選勝登臨。趁蟹嶼螺洲，梳裹就風鬟霧鬢；更蘋天葦地，點綴些翠羽丹霞。莫辜負、四周香稻，萬頃晴沙，九夏芙蓉，三春楊柳。

數千年往事，注到心頭。把酒淩虛，嘆滾滾英雄誰在。想漢習樓船，唐標鐵柱，宋揮玉斧，元跨革囊。偉烈豐功，費盡移山心力。盡珠簾畫棟，捲不及暮雨朝雲；便斷碣殘碑，都付與蒼煙落照。只贏得、幾杵疏鐘，半江漁火，兩行秋雁，一枕清霜。

（清・梁章鉅《楹聯叢話》）

剝皮 1

改大觀樓聯

【清】阮元

五百里滇池，奔來眼底。憑欄向遠，喜茫茫波浪無邊。看東驤金馬，西翥碧觀，北倚盤龍，南馴寶象。高人韻士，惜拋流水光陰。趁蟹嶼螺洲，襯將起蒼崖翠壁；更蘋天葦地，早收回薄霧殘霞。莫辜負、四圍香稻，萬頃鷗沙，九夏芙蓉，三春楊柳。

數千年往事，注到心頭。把酒凌虛，嘆滾滾英雄誰在。想漢習樓船，唐標鐵柱，宋揮玉斧，元跨革囊。爨長蒙酋，費盡移山氣力。盡珠簾畫棟，捲不及暮雨朝雲；便蘚碣苔碑，都付於荒煙落照。只贏得、幾杵疏鍾，半江漁火，兩行鴻雁，一片滄桑。

（清・梁章鉅：《楹聯叢話》）

剝皮 2

北京清涼庵聯

【近代】佚 名

五百石糧儲，助來罎裡。上名造册，亂紛紛香火無邊。看師拜孫臏，技尊毛遂，乩託洪鈞，禮崇楊祖。伸拳閉目，何嫌大衆譏評。趁古剎平台，安排些蓆棚草鋪；便書符念咒，遮蔽那鉛彈鋼鋒。莫辜負、腰纏黃布，首裹紅巾，背繞赤繩，手持白刃。

數萬人性命，喪在圍頭。熟睡濃眠，明晃晃刀槍可怕。想焚毀教堂，搜剿民舍，穢污佛地，威嚇官衙。張膽欺心，一任旁觀笑罵。況劫財殺客，直自同瘋狗貪狼；縱作怪興妖，今已化飛禽走獸。只贏得、律犯天條，身遭法網，神歸地府，魂赴陰曹。

（近人雷瑨：《文苑滑稽談》）

剝皮 3

嘲抽鴉片煙聯

【近代】佚　名

五百兩煙泥，賒來手裡。價廉貨淨，喜洋洋興趣無窮。看粵誇黑土，楚重紅瓢，黔尚青山，滇崇白水。估成辨色，不妨請客閑評。趁火旺爐燃，煮就了魚泡蟹眼；正更長夜永，安排些雪藕冰桃。莫辜負、四棱響斗，萬字香盤，九節老槍，三鑲玉嘴。

數千金家產，忘卻心頭。癮發神疲，嘆滾滾錢刀何用。想名類巴菰，膏珍福壽，種傳罌粟，花號芙蓉。橫枕開燈，足盡平生樂事。盡朝吹暮吸，哪怕他日烈風寒；縱妻怨兒啼，都裝作天聾地啞。只剩下幾寸囚毛，半抽肩膀，兩行清涕，一副枯骸。

（近人雷瑨：《文藝滑稽談》）

剝皮 4

中人仿西國結婚禮聯

【近代】雷　瑨

五千年古俗，仿自周婆。納采問名，亂紛紛許多舊法。笑詩詠弋鳧，傳稱反馬，記詳奠雁，史重擔羊。六禮須遵，媒翁險乎忙煞。追堂前合巹，聽吉語鼓樂喧闐；更房內開筵，講謔言聲音嘈雜。只贏得、三杯清酒，一袋水煙，數塊花糕，幾色喜果。

四百兆同胞，染來歐化。刪繁就簡，光禿禿兩個新人。憶自由握手，起點接唇，進步抱腰，極端換影。雙方既洽，介者何等現成。況琴韻清揚，唱校歌只須同學；且證書互遞，讀頌詞僅有男賓。祝從此、熱力增加，精神膨脹，愛情固結，團體堅凝。

剝皮 5

勸煙酒成癮者聯

五百杯美酒，飛來眼底。瓊漿玉液，喜洋洋興趣無邊。看靈芝純真，茅台清亮，老窖甜潤，大麯馥醇。佳釀高級，何妨滿酌痛飲。趁良辰吉日，醉酩酊流語閑言；更戚請親邀，喝了個上吐下泄。莫辜負、四圍冬雪，萬頃碧波，九夏嬌蓮，三春綠柳。

數千支香煙，注入心頭。癮發神疲，嘆滾滾錢財何用。想彩蝶銀海，鳳凰金山，牡丹艷濃，中華雅淡。珍品名貴，花費精力時光。盡朝抽暮吸，哪管他朋嘲友笑；縱兒啼妻犯，都裝作天啞地聾。只贏得、幾張空文，半缸浮土，兩行濁淚，一副愁腸。

剝皮 6

諷科舉考生聯

【清】江受先

五百里蓉城，奔來眼底，□□□□，喜洋洋錄出遺才，便東遊牛市，南謁羊宮，西到滿城，北觀昭黨，假充豪傑。藉此宿柳眠花，便水榭茶亭，商量就拈香換帖，更酒樓煙館，貪戀著過癮傳杯，莫辜負威儀小帽，履秦朝鞋，義和蝦仁，月興酢肉。

數千人矗目，慘上心頭，□□□□，怒轟轟怨著主考，想文惴時風，詩遵官韻，策操纂要，經習短篇，廢寢忘餐。尚望步蟾折桂，奈郵傳報語，叫不應解元老爺，乃愛女嬌妻，做不成夫人小姐。只剩得半幅號簾，三場題紙，兩枚殘燭，一個提筐。

（周淵龍、趙夢昭：《古今長聯輯注》）

剝皮 7

「一二・一」慘案聯

佚名

三百個軍人，奔來眼底。摩拳擦掌，勢洶洶徑往前衝，看周紳牛勁，西服亂闖，俊傑被擒，林蔚幫凶，走狗奴才。何妨硬打蠻幹，趁鬧裡無備，槍幾支手錶水筆，更撕毀壁報，放一些冷槍熱炮。不幸負四文賞錢，九個流氓，半打特務，三班暴徒。數日前往事，注到心頭，怒髮衝冠，嘆滾滾英雄誰在，想于再先生，潘琰小姐，華昌同學，魯連烈士，壯哉殉難，拋去七尺之軀。盡造謠中傷，掩不了血腥事實，便拚卻一死，留待後繼者標榜。誰要你兩口棺材，十萬臭錢，幾個罐頭，一點假意。

（周淵龍、趙夢昭：《古今長聯輯注》）

剝皮 8

諷賭徒

佚名

五千塊現鈔，借來手裡。疾足赴賭，喜洋洋興趣無邊。看春宵苦鬥，夏夜拚搏，秋日集資，冬日決戰，良朋密友，何妨紅眼掙錢。趁酒酣煙濃，暫拋棄政紀國法；更忘餐廢寢，鼓舞起壯志豪情。莫辜負四時積蓄，萬元迷夢，雙目血絲，三杯苦酒。

數千金敗績，慘上心頭。力竭神衰，悲滾滾錢財何在。想父罵不肖，母斥賭鬼，妻愁垂淚，子啼嚎啕，扯肝牽腸，仍裝大將風度。縱群譏衆笑，且充作地啞天聾；便蕩產傾家，都付予骨骰撲克。只贏得幾張借條，半病軀體，兩鬢白髮，一身惡名。

替詩詞剝層皮 ／ 周正舉選編. -- 臺灣初版. --
臺北市：臺灣商務, 2001[民 90]
面： 公分

ISBN 957-05-1732-8（平裝）

831.93 90018247

替詩詞剝層皮

定價新臺幣 300 元

選 編 者 周 正 舉
責任編輯 雷 成 敏
美術設計 吳 郁 婷
校 對 者 江 勝 月

出 版 者
印 刷 所 臺灣商務印書館股份有限公司
臺北市 10036 重慶南路 1 段 37 號
電話：(02)23116118 · 23115538
傳眞：(02)23710274 · 23701091
讀者服務專線：0800-056196
E-mail：cptw@ms12.hinet.net
郵政劃撥：0000165 — 1 號
出版事業登記證：局版北市業字第 993 號

· 1997 年 9 月四川初版
· 2001 年 12 月臺灣初版第一次印刷
本書經巴蜀書社授權本館出版發行

ISBN 957-05-1732-8(平裝) c 50027000

讀者回函卡

感謝您對本館的支持，為加強對您的服務，請填妥此卡，免付郵資寄回，可隨時收到本館最新出版訊息，及享受各種優惠。

姓名：＿＿＿＿＿＿＿＿＿＿＿＿＿＿＿＿ 性別：□男 □女

出生日期：＿＿＿年＿＿＿月＿＿＿日

職業：□學生 □公務（含軍警） □家管 □服務 □金融 □製造

□資訊 □大眾傳播 □自由業 □農漁牧 □退休 □其他

學歷：□高中以下（含高中） □大專 □研究所（含以上）

地址：＿＿＿＿＿＿＿＿＿＿＿＿＿＿＿＿＿＿＿＿＿＿＿＿＿＿

＿＿＿＿＿＿＿＿＿＿＿＿＿＿＿＿＿＿＿＿＿＿＿＿＿＿

電話：（H）＿＿＿＿＿＿＿＿＿＿＿（O）＿＿＿＿＿＿＿＿＿＿＿

購買書名：＿＿＿＿＿＿＿＿＿＿＿＿＿＿＿＿＿＿＿＿＿＿＿

您從何處得知本書？

□書店 □報紙廣告 □報紙專欄 □雜誌廣告 □DM廣告

□傳單 □親友介紹 □電視廣播 □其他

您對本書的意見？（A/滿意 B/尚可 C/需改進）

內容＿＿＿＿ 編輯＿＿＿＿ 校對＿＿＿＿ 翻譯＿＿＿＿

封面設計＿＿＿＿ 價格＿＿＿＿ 其他＿＿＿＿＿＿＿＿

您的建議：

＿＿＿＿＿＿＿＿＿＿＿＿＿＿＿＿＿＿＿＿＿＿＿＿＿＿

＿＿＿＿＿＿＿＿＿＿＿＿＿＿＿＿＿＿＿＿＿＿＿＿＿＿

＿＿＿＿＿＿＿＿＿＿＿＿＿＿＿＿＿＿＿＿＿＿＿＿＿＿

臺灣商務印書館

台北市重慶南路一段三十七號 電話：（02）23116118・23115538

讀者服務專線：080056196 傳真：（02）23710274

郵撥：0000165-1號 E-mail：cptw@ms12.hinet.net